로크미디어가
유혹하는
재미있는 세상

ROK
MEDIA
로크미디어

이것이 삶이다

이것이 법이다 132

2022년 3월 4일 초판 1쇄 인쇄
2022년 3월 10일 초판 1쇄 발행

지은이 자카예프
발행인 김정수 강준규

기획 이기헌 왕소현 박경무 강민구
책임편집 최전경
마케팅지원 배진경 임혜솔 송지유 이영선

발행처 (주)로크미디어
출판등록 2003년 3월 24일
주소 서울시 마포구 성암로 330 DMC첨단산업센터 318호
Tel (02)3273-5135 **편집** 070-7863-8592 **Fax** (02)3273-5134
홈페이지 rokmedia.com **E-mail** rokmedia@empas.com

© 자카예프, 2015

값 8,000원

ISBN 979-11-354-7346-3 (132권)
ISBN 979-11-255-9575-5 04810 (세트)

132

자카예프 장편소설

로크미디어

CONTENTS

상상의 범죄자

과학수사.

현대의 경찰에서 추구하는 이념이며 과거에 비하면 비교도 못 할 만큼 사건이 해결되게 된 원동력이기도 하다.

과학수사를 통해 거의 대부분의 사건은 해결할 수 있다.

하지만 여전히 아직 과학의 영역에 들어오지 못한 부분에 대해서는 약점을 가지고 있다.

아직까지는 말이다.

"예상대로라고 해야 하나요? 해당 번호는 대포폰입니다. 그 이전에 발신된 것도 없고 이후에도 발신 기록이 없습니다."

고문학은 핸드폰 번호를 확인하고는 당연하다는 듯 말했다.

"흠, 그러면 더 큰 문제가 생기는군요."

"더 큰 문제요?"

"체계적으로 대응한다는 건 경험이 많다는 걸 의미하지요."

단 3초의 통화였고, 사실 자기 핸드폰으로 해도 잘못 눌렀다고 하면 경찰은 의심하지 않을 것이다.

하지만 굳이 대포폰까지 동원했다는 것은 이런 사건에 대해 극도로 조심하고 있다는 뜻이다.

"만일에 다른 경험이 없다면 그럴 필요가 없겠지요."

"아……."

다른 사건을 추적하다가 걸려 온 전화를 추적하는 경찰이 있을 수도 있으니, 그런 경우가 잦아진다면 당연히 의심하게 될 것이다.

즉, 그러한 사태를 피하기 위해 대포폰을 쓴다는 것은 다른 사건의 경험이 많을 수도 있다는 걸 의미한다.

"이로써 한 가지는 확실해졌네요."

최면을 건 것은 이광인이 아니다.

다른 누군가를 이용한 것이다. 그것도 전문가를 말이다.

"그 전문가가 누구인지 알 수는 없지만 말입니다."

노형진은 그렇게 생각하면서 턱을 문질렀다.

발신지는 인천.

"그나마 다행인 건 인천이 그의 근거지로 보인다는 겁니다."

"인천이 그의 근거지라고요?"

"꽤 주의 깊은 놈이기는 하지만 고작 3초 정도의 통화를 위해 다른 도시로 갈까요?"

　물론 그럴 가능성도 없는 것은 아니나 사람은 방심이라는 걸 하는 순간 틀어지기 시작한다.

　"방심했을 수도 있지 않습니까?"

　그렇다면 그는 자기 집 주변에서, 또는 자기 근거지 주변에서 통화를 했을 것이다.

　어차피 그렇게 하고 나서 핸드폰을 버리면 경찰은 추적할 이유도 없고 추적하지도 않을 테니까.

　"더군다나 다른 곳도 아닌 인천입니다."

　한국에서 가장 많은 대포폰이 생기는 곳이 바로 인천과 부산 같은 항구도시들이다.

　그런 곳들은 기본적으로 입항한 선원들의 명의로 핸드폰을 개통하고 나서 팔아먹는 경우가 많기에 상당수가 거기에서 생긴다.

　"그런 곳에서 이루어진 통화라면 경찰은 더욱 쉽게 포기하게 될 겁니다."

　뭔가 의심이 가는 전화번호라면 당연히 끝까지 추적하겠지만 고작 3초 정도의 통화다. 누가 그런 통화를 의심하겠는가?

　"저도 같은 생각입니다만. 문제는 그 최면술사를 찾는 게 쉽지 않다는 겁니다. 대포폰이 범죄에 이용되는 건 추적이 불가능하기 때문입니다."

　가끔 추적되는 경우도 있기는 하지만 그건 어디까지나 그 추적 대상이 한 가지 대포폰을 오래 썼을 때의 이야기다.

그런데 이번에는 단 한 번 사용하고 바로 버렸다.

"그게 문제네요."

고연미도 눈을 살짝 찡그리며 말했다.

범인을 추적하기 위해서는 뭔가 방법이 있어야 한다.

그런데 지금은 그 방법이 전혀 없는 것이다.

"이게 우리만의 문제는 아니었을 겁니다."

"네?"

"이광인이 최면술을 이용한 살인을 한 거라면, 그 역시 누군가에게서 그 정보를 듣고 접촉할 방법이 있어야 하지 않았겠습니까?"

"아!"

아무리 범죄용으로 일회용 대포폰을 쓴다고 해도 의뢰를 받기 위해서는 당연히 고정된 통로가 필요하다.

물론 그 통로라는 게 무척이나 검증이 치열하겠지만, 어찌되었건 고정된 곳이 있어야 소개를 받은 후에 사건을 받을 수 있다.

"영화에서 보통 그 막, 술집에서 소개시켜 주고 그런 거겠네요?"

"그럴 겁니다. 최면술 학원이나 최면술 전문가를 찾아가서 '최면으로 살인을 시켜 주세요.'라고 할 수는 없는 노릇이니까."

결국 누군가에게 정보를 듣고 실제로 접촉해서 살인을 청부했다고 할 수 있다.

"그러면 언제쯤일까요?"

"아마도 박구한에게 잘해 주기 시작한 때쯤이 아닐까요?"

박구한을 이용해서 살인하기 위해서는 그를 자주 데리고 나와서 세뇌시켜야 한다.

사실 일을 잘 못하는 박구한을 과장도 아닌 부장이 개인적으로 챙겨 주는 것은 절대로 쉬운 일이 아니다.

"그리고 그 최면을 거는 놈도 자원봉사를 하는 놈은 아닐 테니까."

즉, 몇 개월 동안 따로 돈을 줄 수도 있지만 한 번에 목돈을 주었을 수도 있다.

당연히 현금으로 줬을 테지만, 그 돈을 꺼낸 기록 자체를 삭제하지는 못한다.

현금으로 집 안에 쌓아 두지는 않았을 테니까.

"고문학 팀장님, 가능하시겠습니까?"

고문학은 고개를 끄덕거렸다.

"전에도 말씀드렸다시피 카드는 답을 알고 있습니다."

⚖️

빅 데이터. 아무런 의미도 없다고 생각했던 커다란 덩어리

데이터.

하지만 그 안에 담겨 있는 내용은 무척이나 많다.

누가 뭐에 관심을 가지고 있는지, 데이트를 시작했는지, 결혼을 했는지, 헤어졌는지 등등.

사람들은 카드로 많은 것을 결제하고 상황에 따라 그 답은 달라진다.

가령 데이트를 시작하면 모텔 등지가 결제 내역에 나타나기 시작하고, 결혼하게 되면 결혼 준비를 위한 가게들이 나타나며, 헤어지면 술집 등의 결재 내역이 늘어난다.

"그리고 기록에 따르면 작년 3월부터 이상한 징후를 보이기 시작합니다. 햄버거, 피자 등등이 결제에서 늘어납니다."

"흠?"

노형진은 턱을 문질렀다.

"그걸 전에 사 먹은 기록은요?"

"거의 없습니다. 잘해 봐야 두 달에 한 번 정도. 기존의 카드의 사용 패턴을 보면 본인은 피자나 햄버거같이 기름기가 있는 음식보다는 찌개류를 더 선호한 것 같습니다. 해당 사용 내역을 보면 주로 저녁때 맞춰서 사용되었네요. 누군가에게 사 준 것처럼 말입니다."

"가령 박구한 씨 같은?"

"그렇습니다."

이미 박구한에게 입맛에 대해 확인한 후였는데, 박구한이 좋아하는 게 바로 햄버거나 피자 같은 기름진 음식이었다.

실제로 박구한을 챙겨 주기 시작하면서 햄버거나 피자 등을 사 주며 가져다 먹으라고 했다는 이야기도 있었고 말이다.

"그리고 그 시기에 월급이 뭉텅이로 나가기 시작했습니다."

"뭉텅이로 나갔다고요?"

"은행에서 돈을 현금으로 찾기 시작했습니다. 그걸 왜 송하은이 몰랐는지는 모르겠지만요."

노형진은 알 것 같다는 듯 말했다.

"송하은은 이광인을 믿었습니다. 그리고 사실 송하은은 그 돈이 필요가 없었지요."

송하은은 자기 건물도 있고, 사실 이광인보다 더 돈을 많이 버는 사람이었다.

이광인의 한 달 월급 실수령액이 매달 480만 원 정도다.

그에 반해 송하은이 가진 학원에서 나오는 수입은 순수익이 매달 2천만 원선.

"그런 경우 아내는 남편에게 그 월급을 달라고 하지는 않는 경우가 종종 있습니다."

자신이 돈이 없는 것도 아니고 직접 벌어서 쓸 수 있는데 남편의 돈에 관심이 갈까?

자신이 버는 돈의 반의반도 안 되는데?

"사실 그러면 남자가 자존심이 상하는 경우가 많거든요. 따로 선을 그어서 이야기하는 경우가 많으니까."

"하긴 그러겠네요."

고연미는 바로 알아들었다.

"자기가 번 돈을 자기 마음대로 쓸 수 있으니까요."

남편에게 자기가 번 돈을 마음대로 쓰라고 이야기한다. 그리고 부족하면 더 준다고도 한다.

그것까지는 문제가 안 되는데, 대신 각자 번 돈에 대해 터치하지 말자는 이야기가 나오면 그때부터는 약간 감정이 상하게 되는 것이다.

물론 그게 모욕 같은 건 아니다.

"하지만 남자의 자존심은 상하게 되는 거죠."

남자들 중에는 자존심에 살고 자존심에 죽는 타입이 종종 있다.

그리고 그런 타입들은 상대방이 배려해 줘도, 자존심이 상하면 부정적으로 받아들인다.

"아마도 이광인이 그런 타입인가 보네요. 하긴 회사에서 그 나이에 부장급인 걸 보면 능력이 없는 사람은 아니죠."

그가 다니는 회사는 그래도 규모가 어느 정도 되는 회사다. 어떤 면에서는 박구한이 어떻게 거기에 들어갔나 싶을 정도로 말이다.

"중요한 건 그렇게 돈을 빼돌릴 수 있는 여건을 가지고 있었다는 거죠."

그렇게 빼돌린 현금은 아마 의뢰비가 되었을 것이다.

"작년 3월부터 공을 들였다는 것은 그쯤에서 상대방을 만났을 거라는 겁니다. 유재민 씨는 뭐라고 하던가요?"

"과거에는 돈 잘 쓰고 호방한 스타일이었다고 하네요."

혹시 모른다고 생각한 노형진은 고연미에게 유재민과 이야기해 보라고 했다.

고연미는 유재민에게서 들은 이야기를 풀어놓았다.

"그런데 어느 순간부터 돈을 잘 안 쓰고 아끼기 시작했다고 했어요. 아마도 살인을 위해 돈을 모으기 시작한 시점이 아닐까 싶네요."

이야기를 들어 보니 시점도 대략 맞는다.

"박구한이 현행범으로 잡히지 않았다면 여러모로 걸릴 수밖에 없는 상황이었네요."

"그만큼 자신이 있었다는 거군요."

절대 걸리지 않을 거라는 자신이 있었다는 거고, 그만큼 상대방의 실력에 확신을 가지고 있었다는 소리이기도 하다.

"혹시나 해서 인천에서 사용한 카드 내역이 있는지 확인해 봤지만 애석하게도 없었습니다."

"흠……."

노형진은 곰곰이 생각에 빠졌다.

의외로 그 부분에서는 깔끔하게 움직였다는 거다.

하긴 자가용 차가 있으니 그걸로 움직였다면, 인천에서 뭘 사 먹거나 하지 않은 이상에야 카드 내역이 나오지는 않을 것이다.

"그러면 박구한 씨의 카드 내역은요?"

"네?"

"지금 여러 가지 정황증거를 보면 이광인과 그 누군지 모르는 최면술사는 박구한을 이용한 범죄가 성공할 거라는 걸 확신하고 있었습니다. 그걸 어떻게 알았을까요? 그렇게 한 번에 최면이 성공할 거라면 이렇게 공들여서 최면을 걸 이유는 없지요."

그렇다면 답은 하나다.

살인이라는 결과에 이르기까지 최소한 한 번은 테스트해 봤다는 거다.

"테스트라……."

"합법적인 건 테스트하지 않을 겁니다. 살인을 시키려면 반사회적인 행동을 통해 범죄를 저지를 수 있다는 걸 증명해야 하니까요."

그렇다면 그 방법은 뭘까? 도둑질?

도둑질을 하기에는 박구한이 너무 어설프고 굼뜨다.

사기 같은 건 너무 오래 걸리고.

강도? 그랬다면 이미 경찰이 수사해서 죄를 확인했을 것이다.

"재물 손괴 아닐까요?"

고연미는 곰곰이 생각하다가 말했다.

"사람이 없는 곳에서 뭔가를 부수는 거라면, 카메라만 없으면 범인을 찾아내는 게 사실상 불가능하잖아요. 하지만 재물 손괴는 명백하게 범죄행위이고."

"사람이 없는 곳에 있는 물건에 대한 손괴라……."

노형진은 과연 그런 공간이 있을까 고민했다. 현실적으로 한국처럼 CCTV가 촘촘하게 있는 곳은 드무니까.

그러나 의외로 그 사건은 금방 나타났다.

"인천에 있는 공원에서 자판기가 박살이 난 채로 발견되었답니다."

누군지 모르는 놈이 자판기를 박살을 내고 거기에 있는 음료수와 돈을 모조리 꺼내서 도망갔다는 신고 기록을 확인하는 것은 어려운 일이 아니었다.

"이로써 한 가지가 확실해졌습니다. 범인은 인천에 있습니다."

정확하게 CCTV가 없는 위치에 설치된 자판기를 부수고 돈과 물건을 훔쳐 갔다.

그건 그 주변에 대해 잘 아는 사람이라는 거다.

만일 실험을 위해 다른 곳으로 이동했다면 자신도 모르는 CCTV에 걸릴 가능성이 있으니까.

"고연미 변호사님은 고문학 팀장님과 함께 주변을 수색해 주세요."

"네? 그럼 노 변호사님은요?"

"일단은 1심이 코앞이니까 그 준비를 해야지요."

나중에 가서 갑자기 '최면술에 걸린 겁니다.'라고 할 수는 없는 노릇.

그에 대한 사전 설명은 충분히 해 놔야 한다.

"그걸 받아들여 줄지는 알 수가 없지만요."

노형진은 긴 한숨을 쉬었다.

⚖️

"친애하는 재판장님, 저희는 피고인 박구한이 최면술에 걸린 상태에서 살인을 저질렀다고 주장하는 바입니다."

노형진의 변론.

변론이 끝나기가 무섭게 재판정에는 침묵이 흘렀다.

"피고인 측 변호인, 장난하십니까?"

"장난이 아닙니다. 박구한은 그날 사건을 전혀 기억하지 못하고 있습니다. 그리고 피고인 박구한에게는 살인을 저지를 어떤 이유도 없습니다."

"그러니까 피고인이 누군가에게 최면술에 걸려서 살인을 했다? 피고인 측 변호인, 아무리 다급해도 그런 식의 변론은 의미가 없습니다."

진양호 검사는 단호하게 말했다.

"세상에는 많은 범죄자가 있습니다. 그들이 모두 자신이 증명할 수 없는 최면술에 걸려서 범죄를 저질렀다고 주장한 다면 누구를 처벌하란 말입니까?"

틀린 말은 아니다.

사실 진양호 검사의 말은 너무나 당연한 것이었다.

'흠.'

검사의 말을 듣는 와중에도 노형진의 시선은 방청객석으로 가 있었다.

'확실히 심하게 당황하는데?'

노형진은 고연미와 고문학에게 오늘 나올 이광인을 잘 감시하라고 했다.

분명 어떤 식으로든 반응이 있을 거라고 말이다.

아니나 다를까, 이광인은 노형진의 말에 당혹스러운 표정을 감추기 위해 주변을 두리번거리고 있었다.

'아내의 살인자의 첫 재판에 안 나올 리가 없지.'

그동안 노형진과의 만남을 최대한 피해 온 그라고 해도 이 번 재판에는 나올 수밖에 없으니 노형진이 대놓고 최면술이 라는 표현을 찔러 넣은 것이다.

"하지만 재판장님, 세계적인 기록들을 보면 실제로 최면 술을 이용한 사건들이 제법 보이고 있습니다. 물론 대부분은 절도 정도의 간단한 사건이었지만, 최면술을 이용한 살인 사건 역시 분명 존재합니다. 참고 자료 1호를 보면 아시겠지만 최면술을 이용한 수많은 사건들이 존재하는 한 최면술이 완전히 부정된다고는 볼 수 없습니다."

"하지만 재판장님, 그건 어디까지나 해외의 영역입니다. 한국에서는 단 한 번도 최면술을 이용한 사건이 없었습니다."

"한 번도 없었다는 것이 영원히 없으리라는 보장은 안 됩니다, 재판장님."

"이 사건 기록에 따르면 해당 사건의 변호인들은 그들이 최면술에 걸렸다는 걸 증명해 냈습니다. 하지만 피고인이 최면술에 걸렸다는 것을 피고인 측 변호인은 입증하지 않고 있습니다. 애초에 최면술이라는 건 부정확한 겁니다. 그 당시에 재판부에서 인정했다고 해도 그게 존재한다는 건 과학적으로 입증된 적이 없습니다."

'역시 이게 문제네.'

과학적으로 입증이 불가능한 영역의 경우는 과학이 우선일 수밖에 없다.

최면술이 존재하긴 하지만 과연 그게 범죄와 연관이 있다는 걸 어떻게 입증한단 말인가?

"그러면 간단한 실험을 해 보겠습니다."

"실험?"

판사는 되물었다.

"설마 여기서 피고인에게 최면술을 걸어 본다 이런 겁니까? 피고인 측 변호인이 피고인과 짠 게 아니라는 걸 어떻게 증명하지요?"

"거는 대상은 피고인이나 제가 아니라 검사님입니다."

"저요?"

진양호 검사는 눈을 찌푸렸다.

사실 그것만큼 확실하게 최면술을 입증할 수 있는 방법이 없다. 상대방이 공격하는 대상이 바로 검사니까.

"재판장님, 실험을 허락해 주십시오. 아, 물론 상해나 기타 문제를 일으키지는 않습니다."

"흠, 인정합니다."

재판에서 최면술에 대한 실험한다는 말에 재판부는 흥미롭다는 표정을 지었다.

하긴 사건의 대부분은 재미있다기보다는 지겹고 지루하고 극단적이니까.

"으음."

반대로 진양호는 불편한 표정이 되었다.

자신이 실험 대상이 되리라는 건 예상하지 못했기 때문이다.

"실험은 호광대에서 심리학 강의를 하고 계신 심정상 교수님이십니다. 심정상 교수님은 한국에서도 최면술의 대가로 알려져 있습니다."

미리 이야기해 뒀기에 심정상 교수는 앞으로 나와서 고개를 숙여 인사했다.

그리고 노형진에게 조심스럽게 말했다.

"상대방은 검사입니다. 쉽지 않을 겁니다."

상대방이 경계심이 높을수록, 그리고 지능이 높을수록 최면술을 걸기가 상당히 힘들어진다.

실제로 최면술에 걸리지 않는 사람들도 존재하고 말이다.

"일단 시도는 해 보세요. 안되면 다른 사람에게 해 볼 수 있으니까."

"알겠습니다."

심정상은 고개를 끄덕거리고는 진양호에게 다가갔다.

진양호는 약간 묘한 표정을 지었지만 그렇다고 해서 도망가거나 하지는 않았다. 약간 싫다는 정도였다.

"검사님, 휘파람 부실 줄 아십니까?"

"네."

"한번 불어 보시겠습니까?"

"잘 불지는 못하는데요."

"상관없습니다."

진양호는 휘파람으로 〈학교 종이 땡땡땡〉을 불렀다.

제대로 음이 조절되는 것은 아니었지만 그 노래가 〈학교 종이 땡땡땡〉이라는 것은 알아들을 수 있는 정도였다.

"다시 한번 불어 주세요."

"네?"

"다시 한번."

그렇게 연달아 세 번을 부르게 하자 진양호의 얼굴은 벌게졌다. 귀찮은 건 둘째 치고, 휘파람이라는 것은 바람을 내뿜

으며 소리를 내는 행동이다. 당연히 숨이 찰 수밖에 없다.

"좋습니다. 그러면 이 시계를 바라보세요."

갑자기 흔들리는 외줄 시계를 꺼내서 진양호의 얼굴 앞에서 흔드는 심정상.

"당신은 지금부터 30분 동안 휘파람을 불지 못합니다."

그 시계를 바라보게 하면서 심정상이 하는 말에 판사는 흥미진진한 표정을 지었지만, 진양호는 어이가 없다는 표정이 되었다.

자신이 지금까지 죽어라 불었던 건 뭐란 말인가?

"됐습니다. 이제 한번 불어 보세요."

"장난하십니까?"

"한번 불어 보세요."

"내가 그걸 못 불 리가…… 후우~ 어?"

당연히 불 수 있을 거라 생각한 휘파람이 불어지지 않자 진양호는 당황했다.

"어, 잠시만요. 후후후."

진양호는 어떻게 해서든 휘파람을 불어 보려고 했지만 도무지 나오지를 않았다.

"크흠. 판사님, 제가 계속 휘파람을 불어서 호흡이 가빠져서 그런 겁니다."

"그래요? 그러면 5분 정도 심호흡하면 충분히 가능하겠지요?"

"네, 가능합니다."

휘파람을 못 불게 한 시간은 30분.

당연히 5분 정도의 시간적 여유는 있었기 때문에 판사는 바로 심호흡하면서 호흡을 안정시키라고 했고, 진양호는 최대한 심호흡하면서 준비를 끝냈다.

"이제 다시 불어 보시죠."

"후우."

어떻게 해서든 노랫소리를 내기 위해 노력하는 진양호.

하지만 소리가 나지 않았다.

나중에는 음이고 뭐고 다 버리고 오로지 휘파람 소리 하나만 내기 위해 얼굴이 벌게지도록 호흡을 뱉었지만 여전히 휘파람은 나오지 않았다.

"재판장님, 보시다시피 최면으로 충분히 사람의 행동을 통제할 수 있습니다. 이번의 경우는 잠깐의 시간을 이용해서 최면을 걸었기 때문에 휘파람 정도의 간단한 행동만 제어할 수 있었지만 충분한 시간을 들인다면 살인이나 기타 범죄행위도 충분히 지시할 수 있습니다."

"상당히 흥미롭군요."

판사는 아직도 소리를 내기 위해 노력하는 진양호를 보면서 말했다.

진양호는 결국 그 시선을 느낀 건지 포기하고는 바로 반박에 들어갔다.

"재판장님, 최면술이라는 게 존재한다고 볼 수도 있습니다. 하지만 피고인 박구한이 최면술에 걸렸다고 주장하는 것은 전혀 다른 문제입니다. 피고인 측 변호인의 주장대로라면 강력한 범죄를 저지르기 위해서는 그만큼 강력한 최면술을 걸어야 한다는 것인데, 피고인 측은 그가 걸렸다는 어떠한 증거도 내놓지 않고 있습니다."

'그게 문제란 말이지.'

현실적으로 자신들이 최면의 존부를 증명할 수는 있어도 최면이 걸렸다는 걸 입증하는 것은 전혀 다른 문제다.

더군다나 한국의 재판부는 극도로 보수적이기 때문에 명확한 증거가 없다면 그걸 인정하지 않을 것은 당연한 일.

"더군다나 피고인 측은 그 최면이라는 걸 걸어서 살인할 정도의 원인에 대해서도 말하지 않고 있습니다."

노형진은 힐끔 이광인을 바라보았다.

당혹스러움을 애써 감추고 있기는 했지만 현장을 떠나려고 하지는 않았다.

'그래, 최면을 입증할 방법이 절대로 없다고 생각하겠지.'

물론 그건 그렇다. 현재로써는 최면을 입증할 만한 방법이 없다. 하지만 다른 건?

"재판장님, 그 부분에 대해 저희는 다른 증인을 신청하는 바입니다."

"다른 증인?"

"네, 이광인의 내연녀인 호상미입니다."

모두의 눈이 커졌다.

지금까지 이광인은 철저하게 피해자 포지션을 취하며 힘들어하고 절규하며 박구한을 용서하지 않겠다고 저주했다.

그런데 갑자기 내연녀라니?

"피고인 측 변호인, 그거 2차 가해인 거 아닙니까?"

검사도 눈을 찌푸리며 말했다.

피해자를 다그치면서 공격하는 것은 가능하나 그런 경우 피해자가 더욱 큰 충격을 받기 때문에 어지간하면 피해자를 공격하는 경우는 드물다.

'좀 웃기네.'

노형진은 속으로 혀를 끌끌 찼다.

일반적인 사건에서 검찰이나 경찰이 최우선 혐의자로 보는 것은 다름 아닌 배우자다.

그런데 자신들이 이야기했다고 2차 가해라니.

"물론 저희도 아무런 증거도 없이 그러한 증인 신청을 하는 것은 아닙니다."

"그러면?"

"제보가 들어왔습니다."

"제보?"

"그렇습니다. 이광인과 호상미의 대화가 녹음된 파일이 제보되었습니다. 그런데 아시다시피 외부의 제3자의 녹음은 증거로써의 능력이 없습니다."

왜냐하면 그런 경우 그건 불법 증거가 되기 때문이다.

이번 경우는 이광인과 호상미가 녹음을 도와줄 리가 없기에 어쩔 수 없이 주변에 앉은 다른 사람이 몰래 특수한 마이크를 이용해서 녹음한 거라 증거로 제출할 수는 없다.

"하지만 그로 인해 두 사람의 불륜 사실을 알았고, 증인으로서 호상미를 부르는 건 불법이 아니지요."

녹음 자체는 의미가 없지만 호상미가 나서서 증언하는 것은 전혀 다른 문제다.

그런 만큼 노형진은 호상미를 건드린 것이다.

'그리고 당신도 말이지.'

얼굴이 시커멓게 변해 가는 이광인.

사람들의 시선이 이광인에게 쏠리기 시작했고, 이광인은 역으로 소리를 버럭 질렀다.

"무슨 개소리야! 헛소리하지 마! 내가 불륜이라니? 하! 어이가 없어서!"

"저희에게 들어온 제보는 그렇습니다."

"누가 그런 헛소리를 했는지는 몰라도 나는 바람피운 적이 없어!"

이광인이 화내기 시작하자 방청객들은 어느 쪽 말이 맞는지 모르겠다는 표정이었고, 진양호도 표정이 이상하게 변했다.

만일 이광인이 실제로 바람을 피우고 있었고 최면술 살인이 가능한 게 사실이라면, 최우선 의심 대상이 되니까.

그러나 검찰 입장에서는 여전히 그걸 받아들일 수는 없었다.

"증인, 그게 말이나 됩니까? 이광인 씨는 일반적인 직장인일 뿐입니다. 그런 그가 전문적인 최면을 통해 살인까지 한다고요?"

"물론 그건 아닐 겁니다."

"결과적으로 의심일 뿐 아닙니까?"

"그렇다고 해서 불륜 사실이 사라지는 것은 아닙니다. 충격적인 살인 사건이었던 만큼 당연히 이광인의 불륜 사실 역시 확인하여야 한다고 생각합니다. 그리고 검사님께서 말씀하셨다시피, 누가 최면을 걸었는지는 알 수가 없습니다."

모든 것이 부정확하다면 모든 것을 의심하는 것은 당연한 일.

당연히 정확하게 특정되기 전까지는 이광인 역시 의심의 대상이 된다는 걸 의미한다.

"증인 신청을 인정합니다."

재판장은 진지한 표정으로 말했다.

"최면술이라는 것의 존재가 증명된 상황에서 현실적으로 피고인이 최면술에 걸려 있었는지 그리고 최면술로 살인까지 가능한지에 대해서는 주장한 피고인 측이 입증해야 하는 영역이나, 그게 가능하다면 최면술을 걸 수 있는 사람들에 대한 확인 절차가 필요하다고 생각됩니다. 그런 경우 피해자의 유가족이라곤 하나 불륜이 사실이라면 살인의 청탁이 의심스러운 바, 최면술과는 별개로 불륜 사실을 확실하게 확인하고 넘어가야 합니다."

판사의 말에 노형진은 속으로 긴 안도의 한숨을 내쉬었다.

최소한 시간은 벌었으니까.

"다음 기일 잡겠습니다."

그렇게 재판부에서 기일을 정할 때 이광인은 재빠르게 현장을 벗어났고, 그 뒤로 두 사람이 일어나서 스윽 따라가고 있었다.

"현장에서 최면술 이야기가 나왔을 때의 반응 봤지요?"

"네. 뭔가 아는 눈치였어요."

"그렇다면 이제 그는 다른 방법을 찾을 겁니다."

"아마도 최면술을 건 사람에게 접근하려고 하겠지요?"

고연미는 당연하다는 듯 말했다.

그는 전문 범죄자가 아니다. 변수가 생기면 그 변수에 대해 잘 알고 해결할 만한 사람에게 가려고 하는 게 당연하다.

"그러면 그에게는 두 가지 선택지가 있지요. 첫 번째는 핸드폰으로 접촉하는 것, 두 번째는 직접 접촉하는 것."

"전자는 무리 아닐까요?"

"무리일 겁니다."

일단 노형진이 거기서 의심스럽다고 내지른 이상 진양호

는 그를 조사할 수밖에 없다.

당연히 그 조사의 대상에는 그의 핸드폰이 포함될 테니, 핸드폰으로 통화한다는 건 상대방의 신분을 드러낼 수도 있는 짓이 되어 버린다.

"어쩌면 그것도 대포폰일 수도 있고요."

노형진은 진지하게 말했다.

"이런 일을 하는 놈들은 절대로 자기 핸드폰을 오래 쓰지 않습니다. 물론 가족이나 일반적인 업무에는 드러나게 쓰겠지만, 업무용 폰은 자주자주 바꾸는 편이지요."

길어 봐야 3개월 쓰는 게 일반적인 만큼 아마도 상대방은 그 핸드폰도 폐기했을 가능성이 크다.

"결국 두 번째 방법은 직접 가서 접촉하는 것뿐이지요."

핸드폰으로 거래하고 돈을 계좌로 보내 주는 건 아닐 테니 이광인은 어디선가 그를 만날 수밖에 없다.

최소한 그를 대신하는 누군가라도 말이다.

"그리고 지금 이광인이 쓸 수 있는 방법은 하나뿐이지요. 아마 본인은 생각도 못 할 테지만요."

⚖

─전화기가 꺼져 있어 소리샘으로 연결하오니……

"젠장!"

몇 번이나 걸었지만 전화기는 꺼져 있었다.

이광인은 지금 상황이 이해가 가지 않았다.

"절대 걸리지 않는다며! 절대로! 절대로 걸리지 않는다며!"

흥분을 감추지 못한 채 집 안을 뱅뱅 도는 이광인.

그런데 걸렸다.

난데없이 상대방 변호사가 최면술을 꺼내어 들고나오고 자신의 불륜까지 알아냈다.

불륜이야 어떻게 잘 감시하고 주변을 확인한다면 알 수도 있다. 하지만 어떻게 최면술을 이용한 것까지 알아낸단 말인가?

"이건 말도 안 돼."

이광인은 집 안을 뱅뱅 돌았다.

그러나 상황이 나빠지는 것은 어쩔 수가 없었다.

자신이 법원에서 나오자마자 따라오기 시작한 사람들. 바보가 아닌 이상에야 그들이 누구인지 모를 수는 없다.

분명 새론에서 붙인 사람들일 게 뻔하다.

"그냥 무시할까? 응? 그냥 무시해? 그게 최선일까?"

그는 애써 머리를 굴렸다.

인터넷에서 확인해 보니 불륜을 저질렀다고 해도 재산을 넘겨받는 것은 문제가 안 된다.

하지만 불륜으로 인한 살인이라면 문제가 된다.

만일 살인을 청탁한 것이 발각되는 경우, 자신은 끝장이다.

"젠장."

그냥 모른 척하자니 찝찝할 수밖에 없는 상황.

최소한 그들에게 접촉해서 지금의 상황을 알려야 한다.

그래야 그들도 도망치거나 대비할 수 있을 테니까.

문제는, 경찰이 수사를 시작하면 자신의 모든 기록을 추적하기 시작할 것이라는 거다.

그러다가 그들이 걸리면…….

"그럴 수는 없어. 그럴 수는……."

호상미에게 전화해서 무조건 발뺌하라고 했지만 마냥 믿을 수는 없는 노릇이다.

일단 호상미는 현재 상황이 불만족스러울 수밖에 없다.

자신이 살인까지 불사했다는 걸 모르니 위증까지는 하지 않으려고 할 것이다.

"씨발……."

호상미에게는 모든 걸 다 바칠 수 있을 것 같았지만, 숨통이 조여 오기 시작하자 이광인은 과거의 자신이 왜 그렇게 멍청한 짓을 한 건지 이해가 되지 않을 지경이었다.

"나갈 수도 없고……."

이미 아파트 앞에는 감시하는 놈들이 있다.

그들을 피할 수는 없는 노릇.

"그놈들을 어떻게……. 잠깐만, 그놈들을 다른 곳으로 보내면 되는 거 아닌가?"

가장 안전한 것은 자신이 직접 움직이는 것. 그렇다면 방법은 하나뿐이다.

눈앞에서 감시하는 놈들을 치우는 것뿐.

"그래, 그러면 방법은 하나뿐이지."

이광인은 바로 전화기를 들었다.

⚖️

"아마도 이광인은 다른 사람을 불러올 겁니다."

"누구를 말이죠?"

고연미는 그 부분이 이해가 가지 않았다.

만일에 대비해서 자신들을 포함해서 세 팀이나 기다리고 있는데 사실 도와주러 올 만한 사람들은 없어 보였으니까.

"당연히 알려 준 사람이지요."

"알려 준 사람?"

"사건 초기에 그런 말을 하지 않았습니까? 누군가는 그에게 소개시켜 주지 않았겠느냐고."

"아!"

최면술 범죄 전문가라고 홍보하지는 않을 테니 누군가는 소개시켜 줄 수밖에 없다.

그렇다면 그들은 일종의 공동체다. 한 명이 잡혀서 입을 나불거리면 다른 한 명은 자연스럽게 따라올 수밖에 없으니까.

"그러니 그에게 도움을 요청할 수밖에 없지요."

노형진은 그런 도움 요청을 하도록 만들기 위해 고의적으로 대놓고 추적자를 붙였다. 추적자가 눈에 들어온다면 그는 분명 그들을 떼어 내려고 방법을 찾을 테니까.

"그리고 그 방법은 뻔하지요."

영화나 드라마에 흔하게 나오는 방법.

노형진도 몇 번이나 써먹었던 방법.

그건 다름 아닌 대리인을 쓰는 것이다.

다른 사람을 이용해 그 사람이 마치 자신인 것처럼 속여서 추적자가 다른 곳으로 향하게 하는 것.

"어차피 감시할 수 있는 공간은 한정되어 있으니까요."

아파트의 형태상 1층에 있는 아파트 현관 입구와 지하 주차장 입구, 이 두 곳만 감시하면 일반적으로 어디로 가기는 힘든 게 사실이다.

"그렇게 할까요?"

"아마도요."

노형진은 그럴 거라고 확신하고 있었다. 고의적으로 검찰의 사정권 안에 밀어 넣은 이상 이광인은 무슨 수라도 쓰려고 할 테니까.

그렇게 얼마나 지났을까?

갑자기 '삐빅' 소리가 지하 주차장에 울려 퍼졌다.

그건 다름 아닌 이광인의 차였다.

물론 그쪽에는 감시하는 요원이 있었다.

—이광인의 차에 누군가가 접근합니다.

노형진의 무전기에 들리는 목소리.

노형진은 잽싸게 무전기를 받아 들었다.

"신발은 확인했습니까?"

—갈색. 구두입니다.

"갈색 구두를 신은 사람이 들어가는 걸 확인하신 분 있습니까?"

바로 들리는 목소리.

—1층 감시 팀입니다. 갈색의 구두로 보이는 것을 신고 들어간 사람이 있습니다. 들어간 지 대략 30분쯤 되었습니다.

우연일 수도 있다.

하지만 확실하게 알아낼 방법은 많았다.

—사진을 확인했습니다. 동일한 구두입니다.

"역시 우리 예상대로네요."

"구두를 감시한다니, 진짜 저는 생각도 못 했어요."

"다들 그렇게 생각하지요."

사람들은 감시한다고 하면 당연히 옷이나 얼굴을 확인하려고 한다.

하지만 이광인이 얼굴을 보여 주지는 않을 테니 결국 옷으로 확인해야 한다.

"그러면 자기 옷을 주고, 입고 나가서 자기 차를 끌고 나가라고 하겠지요."

그러면 어지간한 감시자들이라면 그걸 따라가지 않을 수 없다. 누가 봐도 이광인이니까.

"하지만 신발이라면 이야기가 다르지요."

신발은 대부분 신경을 쓰지 않는 요소 중 하나인 데다가, 사람은 자신이 신었던 신발을 그냥 신고 나오는 경우가 많다.

그럴 수밖에 없는 게 사람마다 신발 사이즈가 다르니까.

"들어갈 때 신었던 신발과 동일한 신발을 신은 다른 사람이라……."

당연히 그건 이광인에게 불려 온 누군가였다. 그는 이광인의 옷을 입고 그대로 나와서 이광인의 차를 타고 움직인 것이다.

"더군다나 이광인은 집에 들어갔습니다. 그런데 재판정에 입고 나갔던 옷을 그대로 입고 다시 나와요?"

그럴 리가 없다. 사람이라면 당연히 갈아입고 나간다.

그게 벌써 3일 전이니까.

"그는 우리가 자신이라고 확신하기를 원한 겁니다."

물론 노형진은 기꺼이 속아 넘어가는 척해 줄 생각이었다.

"어차피 그놈도 최면술을 이용한 사건을 벌인 놈일 수도 있으니까 그대로 따라가세요. 이광인을 속여야 하니까."

─알겠습니다.

이광인의 차가 움직이기 시작하자 바로 따라 움직이는 감시자들의 차.

노형진은 시계를 힐끔 확인했다.

"이제 이광인이 움직일 시간인 것 같은데."

그렇게 얼마나 지났을까?

—1층입니다. 이광인으로 보이는 남자가 현관으로 나왔습니다. 어떻게 할까요?

"조용히 따라가세요. 우리도 따라가겠습니다."

얼굴을 감추고 움직이고 있었지만 그가 신었던 신발은 그대로였기에 알아보는 건 어렵지 않았고, 이광인은 아파트 주차장에서 나가 외부의 상가 주차장으로 가더니 거기에서 새로운 차에 올라탔다.

"아마도 방금 나간 놈이 가지고 온 차인가 보군요."

"그런가 보네요."

"우리는 이제 저 차만 따라가면 되는 거지요."

노형진은 그렇게 움직이는 차를 따라 한참을 내달렸다.

혹시나 자신도 속았을 수 있기에 한 팀을 더 남겨 뒀지만, 다행히 내달리는 차에는 이광인이 타고 있는 것으로 보였다.

바로 인천 쪽으로 향했으니까.

"어디로 갈까요?"

"아마 고정 접선책을 만나러 갈 겁니다."

그게 누군지는 알 수 없지만 확실한 것은, 이광인이 상대방과 전화로 통화하는 데 실패했다는 것이다.

그러니 어떻게 해서든 상황을 설명하고 대피시키든가 아니면 증거를 인멸하려 할 것이다.

그렇게 한참을 달려간 이광인의 차는 인천 외곽에 있는 작은 커피숍으로 향했다.

"아주 흔한 곳이네요. 그리고 아주 작고요."

노형진은 외부에서 힐끔 안쪽을 살피며 말했다.

테이블이라고는 고작 네 개뿐인 작은 커피숍.

한눈에 손님들을 다 확인할 수 있는 그런 커피숍이었는데, 커피숍 안에서는 반백의 노인이 미소를 지으면서 손님을 대접하고 있었다.

"따라서 들어가지 않고요?"

"너무 좁아서요. 저런 곳이면 감시자가 있다면 바로 티가 날 수밖에 없지요."

노형진은 커피숍을 보면서 말했다.

"겉으로 보기에는 그저 노년의 신사가 소일거리로 커피숍을 운영하는 것 같은데 말이지요."

단정하게 깎은 머리는 포마드로 관리하고, 느릿느릿하지만 확실한 움직임으로 손님에게 커피를 내주는 노인.

하지만 그가 이상하다는 것을 고연미는 이내 알 수 있었다.

"웃고 있네요."

좀 떨어진 곳에서 망원경으로 내부를 살피고 있는데, 이광인은 잔뜩 흥분해서 격하게 행동하는 것에 비해 그 남자는 마치 모든 것을 다 알고 있는 것처럼 웃으면서 그를 바라보고 있을 뿐이었다.

"정상적인 건 아니죠."

누군가 당황해서 눈앞에서 횡설수설하고 있다면 누구든 그를 진정시키려고 하거나 제정신이 아니라고 생각해서 쫓아내려고 할 것이다.

하지만 그 노인은 마치 다 아는 것처럼 느긋하게 커피를 내려 이광인이 앉아 있는 테이블에 놓아 주고는, 천천히 입구로 다가가 입구에 걸려 있는 팻말을 '영업 종료'로 바꿔 놨다.

"저 사람이 범인일까요?"

"글쎄요, 그건 확실하지 않네요."

최면이라는 것은 상대방을 제압하거나 하는 게 아니다.

그런 만큼 저런 노인이라고 해도 충분히 할 수 있는 일이기는 하다.

"그런데 저런 노인이 어떻게 최면술 전문가가 될 수 있는지 이해가 안 가네요. 한국은 최면술에 대해서는 사실상 불모지 아닌가요?"

고연미는 이해가 안 간다는 듯 말했다.

한국은 심리적인 문제에 대해서는 거의 신경을 쓰지 않는 국가적인 문제가 있다.

당장 군을 다녀온 대부분의 남자들은 군대 문제에 대한 PTSD로 고생하고 있지만 그걸 언급하는 사람은 거의 없다.

심지어 사고나 사건이 터져도 그 정신적 위자료는 터무니없이 낮게 주는 것이 대한민국 법원의 현실이다.

일제강점기에 잘못 이식된 정신력론은 여전히 한국 사회에서 영향력을 발휘하고 있으며, 그 때문에 대부분 정신적 문제를 개개인의 나약함 탓으로 몰아붙이는지라 한국에서는 그런 정신적 문제 해결에 대한 발전이 엄청나게 느리다.

"그건 최면술 역시 마찬가지 아니에요? 지난번에 세뇌 문제도 그렇고요."

"그건 그렇지요."

세뇌를 통해 범죄를 저지르는 놈들은 많은데 정작 그 세뇌를 풀 줄 아는 사람이 없어서 해외에서 데리고 와야 했기에, 그게 가능한 병원에는 사람들이 넘쳐 나는 상황이었다.

"저런 노인이 어떻게 최면술 전문가가 된 걸까요? 그 옛날 정부에서 키운 비밀 요원, 뭐 그런 건가?"

"그럴 리가요."

말도 안 되는 소리다.

옛날 정부들은 국민들에게 정보를 뜯어내기 위해 고문을 했지 최면술을 쓰지는 않았다.

"그 부분은 이제부터 알아봐야지요."

노형진은 그렇게 말하면서 커피숍에서 나오는 이광인을 바라보았다.

"이제 표적이 바뀐 것 같군요. 아무래도 말입니다."

이광인이 여기까지 데리고 와 줬으니 이제는 진범을 잡을 시간이었다.

어둠의 전문가들

　노형진은 마치 손님인 것처럼 커피숍을 향했다.

　혹시 몰라서 이광인이 떠나고 며칠이 지난 후에 그곳으로 접근했다.

　"어서 오세요."

　노형진이 커피숍으로 들어오자 사람 좋은 미소로 맞이하는 노인.

　"무엇을 드릴까요?"

　"아이스 아메리카노 하나 주세요."

　"5천 원입니다."

　느긋하게 커피를 내려서 건네는 노인.

　노형진은 찻잔을 받아 들면서 입맛을 다셨다.

'역시 이상한 건 없는데.'

만일 범인이 맞다면 어떤 식으로든 반응할 거라 생각했지만 노인은 평소와 같았다.

정해진 시간에 문을 열고 정해진 시간에 문을 닫는다.

이미 주변 조사로도 답이 나와 있었다.

평범하게 살아온 노인이었다.

결혼해서 아내가 있고 아들이 두 명이 있으며 손자 손녀는 네 명 있다.

근처에 있는 작은 집에서 은퇴 라이프를 즐기고 있으며 소일거리로 작은 커피숍을 한다.

그게 새론에서 알아낸 전부였다.

다만 그가 일하던 회사가 망하는 바람에 관련 자료는 구할 수가 없었지만.

'환장하겠네. 아무것도 없어.'

혹시나 해서 커피 잔을 넘겨받으며 기억을 읽어 봤지만 그 안에서 나오는 기억은 하나도 없었다.

하긴, 기억이라는 것도 계속 곱씹어야 찻잔에 스며들지, 아무런 생각도 안 하는데 찻잔에 기억이 얽혀 있을 리가 없다.

'나에 대해 모르는 건 확실한데.'

자신의 얼굴을 알고 있었다면 커피 잔을 건네면서 경계하든가 무슨 생각이라도 했을 것이다.

하지만 찻잔에서 읽어 낸 생각은 단 하나.

'오늘 저녁은 뭐 먹나라니.'

전형적인 은퇴 라이프를 즐기는 노인일 뿐이지 않은가?

'엉뚱한 사람을 찾아온 걸까? 하지만 그런 것치고는 말이 안 되는데.'

이광인이 그렇게 다급하게 찾아온 사람이다.

그런 사람이 그냥 평범한 사람일 수는 없다.

더군다나 이광인은 그 이후에 집에서 두문불출하고 있다.

물론 회사에 출근은 하고 있지만, 회사에서도 눈치를 살피면서 극도로 몸을 사리고 있다.

그럴 수밖에 없는 게 노형진이 제보가 들어왔다고 이야기했는데, 불륜을 알아채고 제보할 만한 사람은 결국 회사 사람이기 때문이다.

외부에서 본다면 그 둘 사이가 부부인지 불륜인지 알 수가 없으니까.

'결과적으로 저 사람이 큰 역할을 한다는 건데.'

노형진은 입맛을 다시면서 한숨을 쉬었다.

'커피는 맛있네.'

더 억울한 건 커피까지 맛이 좋다는 거다.

"손님, 고민이 있으신가 봅니다?"

"하하, 뭐, 세상 사는 게 다 그렇지요."

"그건 맞습니다. 살다 보면 무슨 일이 벌어질지는 신만이 아시겠지요."

그러면서 위쪽을 바라보며 성호를 긋는 노인.

돌아보자 입구에 십자가가 걸려 있었다.

그걸 보면서 노형진은 쓴웃음을 지었다.

'그냥 선량한 노인 그 자체잖아.'

의심할 것도 없고 추적할 것도 없다.

심지어 그가 무슨 통화라도 할까 하고 계속 지켜봤지만 그가 어디론가 연락을 취하는 듯한 모습은 보이지 않았다.

물론 집에서 통화할 수도 있겠지만 말이다.

띠링.

그때 안으로 들어오는 사람들.

그들은 익숙한 듯 떠들면서 자리를 잡았고, 노인은 천연덕스럽게 그들과 이야기를 나누기 시작했다.

"요즘은 어때요?"

"언제나 똑같지요. 요즘은 경기가 안 좋아서, 허허허."

"그래도 이렇게 작은 가게라도 하면서 지낼 수 있으니 얼마나 좋아요?"

"그러게요. 나도 그렇게 여유롭게 살 수 있으면 좋겠네요."

주변 상인인 듯한 그들은 이런저런 수다를 떨기 시작했고, 노형진은 쓴웃음을 지으면서 커피를 마시고는 자리에서 일어났다.

더 이상 알아낼 수 있는 게 없다면 자신 역시 오래 있을 수는 없으니까.

"이거야, 원."

가게에서 나오면서 높은 하늘을 바라보는 노형진.

"이번에는 내가 완전히 헛방 친 건가?"

그렇게 말하면서 노형진은 고개를 돌렸다.

그 순간 그의 눈에 뭔가 보였다.

건너편 창가에서 살짝 보이는 어떤 물건.

"응?"

아주 찰나의 순간이었기에 노형진이 다시 확인하려고 그 쪽을 돌아봤지만 어느 틈엔가 그건 사라지고 없었다.

"뭐지?"

노형진은 고개를 갸웃했다.

자신이 잘못 봤다고 할 수도 있지만 그럴 가능성은 낮았으니까.

그 짧은 순간에 보인 건 흔하게 볼 수 없는 물건, 즉 망원렌즈였다.

'여기서 망원렌즈가 왜 나오는 거지?'

더군다나 그 위치나 각도를 봐서는, 그 렌즈는 자신을 찍었다고 봐야 한다.

'어째서?'

자신을 감시하는 자들일까?

그렇게 보기는 힘들다.

건너편에 있는 건물은 위치상 상가로 보였는데, 자신이 여기에 올 줄 어떻게 알고 거기에 감시 팀을 붙인단 말인가?

'뭔가 이상한데?'

노형진은 애써 표정 관리를 하며 아무것도 모르는 것처럼 옆에 있는 다른 건물로 들어갔다.

그리고 바로 전화기를 들었다.

"나 노형진 변호사입니다. 사람을 좀 보내 주셔야겠는데요."

새론으로 전화한 후 얼마 되지 않아서 경호 팀이 달려왔다.

그들은 미리 말한 것처럼 천연덕스럽게 일반인으로 가장해서 한 명씩 해당 카메라가 있던 건물 쪽으로 접근했고, 총 여섯 명의 경호원들이 그곳에 도착했다.

"여기에서 감시당하신 것 같다고요?"

"그렇습니다. 우연일 수도 있지만 쉽게 볼 수는 없지요."

노형진은 적이 많다.

더군다나 마이스터의 대리인이라는 특성상 위협을 통해 돈을 뜯어내려고 하는 사람들도 있을 수 있을 테고, 반대로 정보를 캐내려고 하는 놈도 있을 수 있다.

"저의 사진을 찍은 건 확실한 것 같은데 어떻게 여기에 자리 잡았는지는 알 수가 없네요."

"그건 이제부터 알아보면 됩니다."

경호 팀을 이끌고 있는 정우찬은 무심하게 말하면서 품에서 3단 봉을 꺼냈고, 다른 경호 팀들 역시 가방에서 방검복과 3단 봉을 꺼내서 착용했다.

"어딘지 위치를 아십니까?"

"4층이었습니다. 대략적으로 보면 전면 쪽이니까 406호쯤 되겠네요."

"406호라……. '바인 호프'라고 되어 있군요."

바인 호프라고 엘리베이터에 쓰여 있지만 말이 안 되는 게 하나 있었다.

"경비원에게 물어보니 영업을 잘 안 하는 것 같다고 하더군요."

"영업을 안 한다고요?"

"네. 손님이 별로 없다고 합니다. 거의 없는 수준이라고 하더군요."

"그걸 어떻게 안 답니까?"

"지하 주차장이 아직 자동화가 안 되어 있거든요."

지하 주차장은 손님용이다.

당연히 이 건물에 오는 사람들은 방문하는 가게의 이름을 대고 주차 할인권을 내고 바깥으로 나가야 한다.

그러지 않으면 적지 않은 주차료를 내야 한다.

"그래서 그걸 받는 분에게 물어봤습니다. 그런데 바인 호프라는 곳에서 나오는 손님은 거의 없다고 하더군요."

"거의 없다라……."

그렇다면 이상하기는 하다.

이렇게 상가들이 밀집해 있는 곳은 당연히 임대료가 어느 정도 될 수밖에 없다.

그 바인 호프는 기록상 확인해 보면 임대해서 영업을 하는 곳이 확실했다. 그럼에도 불구하고 경비원이 기억할 정도로 손님이 없다면 망해도 벌써 망했어야 정상이다.

"일단 의심스러우면 들어가 보면 되는 거죠."

정우찬은 그렇게 말하면서 엘리베이터에 올라탔다. 그리고 일부는 도주를 막기 위해 계단을 이용해서 위로 올라왔다.

그렇게 올라간 4층의 바인 호프는 딱 봐도 이상해 보였다.

"일반적인 호프는 아니군요. 차라리 바 같은 곳이라면 이해하겠는데."

술집은 술집 나름의 분위기라는 게 있다.

그런데 바인 호프는 그런 게 없었다. 간판은 걸려 있었지만 벽에는 시커먼 색의 필름을 붙여서 안쪽을 볼 수 없도록 해 놨다.

"호프집들은 일반적으로는 개방해 두는데요?"

그래야 내부의 분위기나 디자인을 살피고 마음에 들면 들어가니까.

하지만 바인 호프는 아무리 봐도 그런 걸 전혀 알 수 없었다.

"외부 홍보 팻말도 없군요."

있는 건 바인 호프라고 쓰인 엘리베이터의 이름뿐. 외부 간판이나 팻말도 없다는 점은 이상하기는 하다.

"잠겼네요."

살짝 밀어서 확인하는 정우찬. 하지만 입구는 잠겨 있었다. 물론 아직 열 시간이 아니기는 하지만 말이다.

"어떻게 할까요?"

노형진은 고민하다가 조심스럽게 말했다.

"문을 강하게 흔들죠. 그 후에 내부의 상황을 확인합시다."

노형진의 말에 입구를 마구 흔드는 정우찬.

그러자 노형진은 잽싸게 문에 귀를 대고 내부의 소리를 들었다. 내부는 잠깐 소란스러워지는 듯하더니 금방 침묵이 흘렀다.

"누군가 있군요."

그것도 한 명이 아닌 여러 명이.

그런데 그가 누군지는 모르겠지만 이쪽을 반기지는 않는 눈치였다.

그러니까 안쪽에 사람이 없는 것처럼 행동하는 것이다.

"부술까요?"

노형진은 잠깐 고민하다가 고개를 끄덕거렸다.

만일 평범한 사람이라면 재물 손괴가 성립되기야 하겠지만 지금 문을 열어 달라고 해도 열어 줄 것 같지는 않았다.

'더군다나 모른 척한다는 건 자신들을 감추고 있다는 소리니까.'

문을 흔들고 열어 달라고 소리를 질렀음에도 불구하고 말이다. 정상적인 사람이라면 짜증 나서라도 누구냐고 되물어야 하는 상황이었다.

"부수죠."

정우찬이 눈짓하자, 경호원 한 명이 아래로 내려갔다가 바로 올라왔다.

그의 손에는 거대한 건축용 해머가 들려 있었다.

"문, 부숴!"

일반적으로 이런 곳에 쓰는 유리는 강화유리다.

하지만 아무리 강화유리라고 해도 방탄유리는 아니다. 커다란 건축용 망치를 이길 수는 없다.

와장창!

유리문이 깨지면서 주저앉자 안으로 밀려들어 가는 경호원들.

안에는 세 명의 사람이 서 있었다.

그들은 설마 문을 부수고 들어올 거라고는 생각하지 않았는지 살짝 당황한 듯했지만 이내 바로 전투준비에 들어갔다.

노형진은 그걸 보고 입술을 깨물었다.

'어떻게?'

안에 있는 물건은 카메라와 컴퓨터, 스피커, 녹음기 등등 감시용 물품들이었다.

"잡아!"

그걸 보고 정우찬이 바로 외치면서 달려들자 저쪽도 이쪽으로 달려들었다.

"크억!"

그런데 상황이 미묘했다.

이쪽이 더 무장이 충실하고, 심지어 3단 봉과 방검복까지 갖추고 있는데 밀리는 건 이쪽이었다.

상대방은 아무런 말도 하지 않고 반격만 하고 있는데도 제대로 제압하지 못하고 있었다.

심지어 저쪽은 세 명, 이쪽은 여섯 명인데 말이다.

아무리 구조상 다 싸울 수는 없다고 해도 저쪽의 싸움 실력이 상상 이상이었다.

"뭐 하는 거야!"

정우찬은 소리를 버럭 질렀지만 그런다고 해서 제압이 바로 되는 건 아니었다.

'저놈들 뭐야?'

노형진은 그들을 보면서 어이가 없었다.

경호 팀은 격투술을 제대로 배운 전문가들이다. 더군다나 그들은 3단 봉을 휘두르고 있다.

그런데 저들은 그걸 막는 게 아니라 흘려 가면서 싸우고 있었다.

즉, 저들은 단순히 제대로 배운 정도를 넘어설 만큼의 훈련을 받았다는 거다.

"이걸 써요!"

보다 못한 노형진은 아까 들어올 때 쓴 공사용 망치를 던져 줬다.

그러자 그들이 당황하는 게 보였다. 아무리 공격을 흘린다고 해도 저런 거대한 망치를 흘릴 수는 없다.

"죽이지는 마요!"

정우찬은 그걸 받아서는 그대로 앞으로 달려들었다.

하지만 노형진이 말한 대로 죽일 수는 없기에 상대의 다리를 노리고 크게 휘둘렀다.

당연히 상대방은 그걸 피하기 위해 훌쩍 뒤로 넘어갔지만, 그 행동 자체가 자세를 무너트리는 짓이었다.

당연히 자세가 무너진 자에게는 태클이 들어갔고, 어찌할 틈도 없이 그는 나뒹굴었다.

그렇게 한 명이 제압당하자 수적으로 완전 열세가 되어 버린 두 사람을 제압하는 건 순식간이었고, 정우찬은 그들을 바로 케이블 타이로 묶었다.

"너희는 누구지? 누구이기에 우리를 감시하는 거지?"

그러나 아무 말도 하지 않고 표독스럽게 노려보기만 하는 세 사람.

노형진은 그런 그들을 보면서 쓴웃음을 지었다.

"아마도 대답하지 않을 겁니다. 이들은 정부 요원일 테니까요."

"정부 요원요?"

"네."

노형진의 말에 세 사람의 눈빛이 떨리기 시작했다.

그리고 힐끔 화면을 보면서 노형진은 한숨을 쉬었다.

"중국 쪽 요원으로 보이는군요."

"중국 쪽이라니요?"

세 사람은 여전히 입을 열지 않고 있었지만 하나같이 당황한 눈치였다.

그들이 중국 쪽 사람이라는 증거는 하나도 없었으니까.

그들이 사용하는 모든 장비는 영어로 되어 있었고, 심지어 컴퓨터에도 영어 화면이 떠 있었으니까.

'그런다고 해서 그게 가려지나?'

노형진은 속으로 쓴웃음을 지으며 옆에 있는 쓰레기통을 발로 톡톡 찼다.

"중국식 컵라면입니다. 한국에서는 그다지 인기가 없어요."

"아."

한국에는 중국식 컵라면을 파는 곳들이 좀 있다.

정확하게는 수입 식품을 파는 매장들이다.

그런데 한국 사람들에게 중국식 컵라면은 그다지 인기가 있는 상품은 아니다. 그럴 수밖에 없는 게, 중국식 컵라면은 특유의 향이 있기 때문이다.

"물론 재미 삼아 아니면 취향에 따라 누군가 먹을 수는 있겠지만, 주야장천 그것만 먹겠습니까?"

쌓여 있는 중국식 컵라면이 족히 스무 개는 된다.

여기에 있는 사람들이 하나씩 먹었다고 해도 사흘은 먹어야 하는 양이다.

"하지만 요원인 건 어떻게 아셨습니까?"

"누군가를 감시하려고 하는 놈들은 자신들을 감추려고 많이 노력합니다. 자리를 비울 수도 없고요. 그러면 만만한 게 뭐겠습니까?"

"컵라면 같은 즉석식품이군요."

물건을 사는 행위 자체도 당연히 외부에 자신들을 드러내는 행동이다.

그런 만큼 최대한 행동을 조심해서 움직여야 한다.

그래서 오래 고정해서 감시하는 경우라면 내부에 저장용 음식을 쌓아 두는 일이 제법 많았다.

'나를 감시한 게 아니었군.'

자신을 감시한다면 쌓여 있는 컵라면은 말이 안 된다.

"도대체 저 노인이 누구이기에 중국에서 감시하는 겁니까?"

하지만 세 사람은 아무런 말도 하지 않았다.

절대 말하지 않겠다는 확실한 의지가 느껴지는 얼굴들이었다.

물론 그런다고 해서 못 알아낼 노형진이 아니었지만.

"설마 우리가 모르고 들어왔다고 생각하세요?"

살짝 뻥카를 치면서 컴퓨터로 다가가는 노형진.

당연하게도 보안 프로그램이 걸려 있었기에 그들은 그걸

믿는 눈치였지만, 노형진에게는 그걸 뚫을 수 있는 강력한 무기가 있었다.

"중국어로 보안을 걸어 두면 확실히 뚫기 힘들기는 하지요."

노형진이 어설프게나마 중국어를 넣어 가면서 보안 프로그램을 풀기 시작하자 한 사람이 일어나서 달려들려고 했다.

하지만 그는 바로 정우찬에게 제압당했다.

'똑똑하네.'

프로그램을 얼마간 살펴보던 노형진은 속으로 감탄했다.

단순히 보안을 걸어 둔 정도가 아니었다.

컴퓨터의 기억을 읽어 보니, 컴퓨터에 설치된 보안 프로그램은 컴퓨터 내부에 심긴 작은 폭탄과 연결되어 있어서 비밀번호가 세 번 이상 틀리면 물리적으로 하드를 날려 버리는 형태로 되어 있었다.

일반적인 보안 프로그램들의 해킹 방식이 무서울 정도로 빠르게 암호들을 대입해 가는 것임을 생각하면 확실히 적절한 대응책이었다.

아무리 기술이 발전해도 물리적으로 박살 난 하드를 살릴 수 있는 방법은 없으니까.

"이이익."

아니나 다를까, 암호를 풀고 나자 나오는 화면에는 녹음 파일과 카메라 영상 등이 있었다. 그리고 그 안에는 방금 전 업로드한 것으로 보이는 노형진의 사진도 있었다.

'내가 아니었군.'

공통점은 노인이 하는 카페가 배경이라는 점이었다.

"도대체 노인이 누구이기에 그렇게까지 감시하는 겁니까?"

노형진은 가장 앞에 있는 사람의 어깨에 손을 올리면서 다시 한번 물었다.

물론 그는 답하지 않았지만 그를 통해 읽은 생각에 노형진은 쓴웃음을 지을 수밖에 없다.

"대답하기 싫다면 방법이 없지요."

노형진은 핸드폰을 들었다.

"국정원에서 당신들을 알아서 처리해 줄 겁니다."

물론 세 사람은 아무런 말도 하지 않았지만 노형진의 머릿속은 복잡하기 그지없었다.

"최면술 전문 요원이라고요?"

"그렇습니다. 세 사람에 관해 알아보다가 찾아낸 사실입니다."

노형진은 적당한 핑계를 대고 말했다.

세 사람은 아무 말도 하지 않았지만 어차피 국정원으로 그들의 신병이 넘어간 이상 일반인은 정보에 접근할 수 없다.

"그게 무슨 말입니까?"

"말 그대로입니다. 그 노인은 중국에서 보낸 한국의 고정 스파이였습니다."

"고정 스파이라는 게 무슨 의미지요?"

"그러한 세뇌나 최면에 관해 가장 관심을 가질 만한 곳이 어디겠습니까?"

"당연히 국가의 기밀 단체겠지요."

그런 그들에게 세뇌나 최면은 최고의 무기 중 하나일 테니까.

"그러면 세뇌를 본격적으로 써먹었던 최초의 국가는 어디인지 아십니까?"

"어…… 글쎄요?"

"중국입니다."

중국이 6.25 당시에 포로를 대상으로 세뇌를 한 것은 그다지 알려지지 않은 사실이지만 부정할 수 없는 사실이기도 하다.

"중국은 세뇌와 최면에 관해서는 절대적인 우위에 있습니다. 국가 단위에서도 많이 연구하는 편이니까요. 더군다나 공산주의 국가 아닙니까?"

"으음……."

자유주의국가는 실험하기 위한 대상을 구하는 게 쉽지 않다.

지원자들로 하자니, 세뇌나 최면은 적대적인 사람들 위주로 해야 제대로 실험 결과를 얻을 수 있다.

"그에 반해 중국은 어떻지요?"

"하아."

"이런……."

긴 한숨을 쉬는 두 사람.

중국 하면 압도적 인구와 인명 경시가 생각난다.

당연히 중국 정부에서 자신들에게 반하는 대상들을 실험 대상으로 쓰는 것도 그다지 이상하지 않은 일이다.

"당장 중국에서 사형수나 죄수의 장기를 빼내서 팔아먹는 거야 그다지 비밀도 아니고."

그들이 죽기 전에 세뇌나 최면에 대해 실험하는 건 문제 될 게 없다. 어차피 죽을 놈들이니까.

"중국에서만 가능한 일이겠네요."

고연미는 어이가 없다는 듯 말했다.

"맞습니다. 그러한 행동을 기반으로 중국은 세뇌와 최면, 그들 표현으로는 마인드 컨트롤에 대해 많이 연구했지요."

애초에 심정상이 한 말이 있다. 우리는 그러한 행동을 할 수 없기에 결국 답을 알 수 없다고 말이다.

하지만 중국은 그런 행동을 할 수 있고, 그래서 그 답을 잘 알고 있다.

"정확하게 표현하자면, 그 노인은 중국에서 변절한 작자입니다."

중국에서 최면에 관련된 교육을 받고 가짜 신분증을 만들어 한국으로 파견된 고정간첩이었다.

그러나 그는 어째서인지 중국을 배신했다.

물론 그런다고 해서 그가 한국으로 넘어온 것은 아니다.

정확하게는, 중국의 통제에서 벗어나서 일상적인 삶을 살아가기 시작한 것이었다.

하지만 이미 한국의 국민이 된 상황이라 중국 정부에서는 섣불리 그를 건드릴 수가 없었다.

"의외로 그런 요원들이 종종 있나 보군요."

"종종 있습니다. 국가에서는 그들을 마음대로 죽일 수도 없지요."

당장 한국에도 국정원이 있지만 거기서 퇴직한다고 다 죽일 수는 없는 노릇이다.

그걸 알면 누가 조직에 충성하겠는가?

"더군다나 그런 최면 전문 요원이라면 답이 안 나오지요."

누군가를 잡아서 최면을 걸고 정보를 캐내는 행위를 했을 게 당연하니, 그만큼 비밀을 많이 쥐고 있을 것이다.

섣불리 건드리면 그걸 터트릴 수도 있는 노릇.

"중국 정부에서 그걸 그냥 둔다고요?"

"필요성이 줄어든 것도 있으니까요."

"네?"

"그가 한국에 들어와서 활동한 건 80년대 중반부터입니다."

그때는 CCTV도 별로 없는 데다가 상대방을 실시간으로 추적하는 건 쉬운 일이 아니었다.

"그러니 누군가를 납치해서 마인드 컨트롤을 통해 정보를 토해 내게 하는 게 어렵지 않았지요."

그렇게 정보를 토해 내도록 한 뒤 술을 진탕 마시게 하고 술집에다가 던져두면, 그 대상은 자신이 술집에 와서 필름이 끊어졌다고 생각한다.

그때도 지금도, 권력을 가지고 있는 자들이 그러한 술집에 다니는 건 이상하지 않은 게 사실이니까.

"하지만 지금은 아니지요."

사방에 CCTV가 있고, 핸드폰에는 어플을 깔아서 만일에 대비해 동선을 확인한다.

그리고 만일 그런 사람들이 사라지면 주변에서 가장 먼저 확인하고 추적을 시작한다.

"실용성이 좀 많이 떨어지는 거군요."

"맞습니다."

최면을 위해서는 일단 빼돌려야 하는데, 그 빼돌리는 단계 자체가 불가능해지면서 그 용도가 다한 것이다.

"그래서 돌아오라고 한 거죠."

"그런데 그 노인은 거절했다?"

"중국이 그다지 살기 좋은 나라는 아니지 않습니까?"

물론 중국에서도 그를 위해 나름 준비를 해 줬을 것이다.

하지만 그렇다고 해도 여전히 중국보다는 한국이 더 살기 좋은 것이 사실이다.

국가에서 그를 위해 여러모로 준비했다고 하지만 결국 남는 건 국가에서 제공한 양로원에서 감시당하며 늙어 가는 것뿐 아니겠는가?

"운이 나쁘면 중국에서 사고사로 처리될 수도 있고요."

"으음."

"그래서 귀국을 거부한 것 같더군요."

물론 그러면 감시하는 자들이 붙을 거라 생각했겠지만, 그건 중국으로 돌아가도 피할 수 없는 일이다.

어차피 감시당할 거라면 살기 좋은 한국에서 당하겠다, 그게 그의 생각이었을 것이다.

"그리고 나름 수익 모델을 찾아낸 것 같군요."

다름 아닌, 최면술을 통한 범죄다.

한국과 다르게 사람이 죽든 말든 실험체로 쓰던 자들이니 누구보다 그 실력이 뛰어날 수밖에 없었으리라.

"그러면 중국 정부는 그걸 알고 있었다는 거 아닌가요?"

"알겠지요. 하지만 중국 정부에서 그걸 한국에 알려 줄 리가 없지 않습니까?"

중국 정부에서 한국에 대고 '미안합니다. 우리가 고정간첩으로 심은 요원이 미쳐서 최면술을 이용해 범죄를 일으키고 있습니다.'라고 말해 주지는 않을 것이다.

자국민들의 목숨조차도 파리 목숨으로 보는 중국 상층부에 있어서, 한국인의 목숨은 말 그대로 아무런 가치도 없는 것일 테니까.

"더군다나 어떻게 보면 그 역시 실험의 연속일 수 있으니 까요."

중국 정부는 최면에 관한 실전 자료를 얻고 노인은 돈을 버는 방법일 수도 있다는 거다.

"그런 게 가능할 줄이야."

"가능하겠지요. 사실 어느 나라나 최면을 통한 원격 조종에 대해 연구하고 관심을 가지는 건 당연한 일 아니겠습니까?"

하물며 그걸 써먹을 수 있다면 더더욱 관심을 가질 수밖에 없다.

"일종의 기브 앤드 테이크라고 할까요? 어찌 되었건 최면 술이라는 부분에서 그들이 그렇게 실력이 좋았던 건 그런 이 유에서 그랬던 거지요."

인류 역사에서도 보면 가장 과학의 발전이 빠른 건 당연히 전쟁과 관련된 쪽이다.

특히 비정상적이고 잔인한 분야일수록 더더욱 빠른 게 사 실이다.

대표적인 예가 바로 구 일본군의 731부대다.

한국에서는 한국인을 마루타라 부르며 실험용으로 썼다는 사실만 유명할 뿐, 그 전후 처리를 아는 사람은 극히 드물다.

731부대의 장교들과 연구자들은 패망 이후에 미국에 해당 연구 자료를 넘기는 조건으로 상당수 처벌을 감면받아서 대 놓고 잘 살고 있다.

그중 유명한 사람이 바로 일본 녹십자를 세운 나이토 료이 치였다.

상식적으로 그 정도의 전쟁범죄를 저지른 사람이라면 당연히 사형을 선고받아 마땅하지만 그들은 731부대의 연구 자료를 넘기고 처벌을 면했을 뿐만 아니라 돈까지 받아서 일본 녹십자를 세운 것이다.

다만 현재 있는 일본 녹십자와 그들의 일본 녹십자는 아예 별개의 회사다.

그들의 주요 상품 중 하나가 혈우병 치료제였는데 그 재료가 인간의 피였다.

문제는 그걸 제대로 검사하지 않고 쓰는 바람에 혈우병 치료제가 에이즈에 오염되어 혈우병 환자 2천 명이 에이즈에 감염되는 사건이 발생했고, 결국 나이토 료이치가 세운 녹십자는 사라졌다.

"어찌 되었건 비인간적인 행동이 때로는 과학을 발전시키니까요."

그리고 그런 면에서 최면술을 통한 살인은 아주 효율적이다.

"암살 대상의 주변 인물을 컨트롤해서 죽이게 한다거나 혹은 자신들이 최면을 걸 수 있도록 접근할 통로를 만들어 주게 할 수도 있고요."

"그러면 그놈이 그렇게 느긋한 이유도 이해가 가는군요."

그가 중국의 요원이라면 취조나 기타 상황에 대한 저항 훈련을 받았을 것은 너무나 당연한 일이다.

"한국의 사법 체계에 대한 확신도 있었겠지요."

최면술이라는 불확실성을 가지고 처벌하지는 않는다는 걸 알기에 그가 그렇게 느긋한 태도를 취할 가능성이 높다.

"그러면 어떻게 해야 하지요? 가서 물어볼 수는 없잖아요."

'당신이 최면술 전문가입니까?'라고 물어본다고 한들 그가 그렇다고 대답할 리는 없다.

"일단은 그놈을 흔들어 봐야지요."

"어떻게요?"

"당장 눈앞에 감시하던 곳이 있었는데 그놈이 모를까요?"

모를 리가 없다. 하지만 모른 척했다.

사실 이탈을 결심하고 나서는 거의 당연한 결과일 테니까.

"하지만 그놈은 그곳이 털렸다는 사실은 모릅니다."

노형진과 경호 팀이 움직인 데다가 그 이후에 국정원에서 조용히 와서 증거를 챙기고 세 사람을 데리고 갔다.

외부에서는 딱히 별일이 없어 보였다.

마침 그 일이 벌어진 때가 그 건물의 상점이 대부분 문을 닫은 시간대여서 소란도 없었고.

"그곳에서 소란을 한번 일으켜 보죠."

"그런다고 해서 반응을 할까요?"

"할 수밖에 없을 겁니다. 거기에 있던 스파이들은 노인을 감시하던 자들입니다. 반대로 말하면 그의 신분을 알고 있던 자들이라는 소리지요."

"아!"

그런데 그들이 잡혀갔다? 그 말은 자신의 신분이 노출될 수도 있는 상황이 되었다는 뜻이다.

"그러면 어떤 식으로든 반응하겠지요."

노형진은 그 기회를 노릴 생각이었다.

⚖

커피숍 꼬망.

커피를 내리던 노년의 신사 왕진백은 가게 맞은편의 건물을 보면서 입술을 깨물었다.

갑자기 경찰이 들이닥치고 시커먼 양복을 입은 사람들이 들락날락했다. 그리고 얼굴을 수건으로 가린 자들이 수갑을 차고 끌려갔다.

그런데 그들이 탄 차는 경찰차가 아니라 따로 와 있던 시커먼 승합차였다.

그러한 상황이 뭘 의미하는지 왕진백은 알고 있었다.

"그 멍청한 놈들, 무슨 생각을 한 거야?"

자신을 감시하는 업무만 하면 되는 일이었다. 그 정도는 감수하고 시작한 일이었고.

그런데 정작 그놈들이 잡혀가 버리니 어이가 없었다.

"이 무슨 황당한……."

최면술이라는 것은 법적으로 증명할 수도 없고 증거도 남지 않는 확실한 범죄 방법이다. 그랬기에 그걸로 적지 않은 돈을 벌었지만 걸리지 않을 자신이 있었다.

하지만 스파이 혐의는 전혀 다르다.

이미 세 사람이 잡혀 들어갔으니 그들 중 한 명이라도 입을 열게 되면 그 자체가 증언이 되어 버린다.

"입을 안 열면 좋겠는데."

문제는 그걸 확신할 방법이 없다는 거다.

"그렇다고 그냥 떠날 수도 없고."

한국에서 고정간첩 노릇을 하다 보니 한국이 얼마나 살기 좋은지 알 수 있었다. 아무리 세뇌와 사상 교육을 받았다고 해도, 현실을 비교하기 시작하면 결국 승리하는 건 진실이었다.

중국에서 올 때만 해도 그가 생각한 한국은 미국과 손잡고 세계를 파멸로 이끌려는 악의 축이었지만, 도리어 중국보다 깨끗하고 진실되었으며 미래가 있었다.

"젠장."

왕진백은 이 사태를 어떻게 해결하나 고민했지만 도무지 방법이 보이지 않았다.

죄의 고백

　노형진은 느긋하게 재판정에서 이광인을 바라보았다.
　증인석에 앉은 이광인은 불편한 마음을 감추고자 애쓰고
있었다.
　물론 노형진은 그런 그의 속이 뻔하게 보였지만.
　"증인."
　"네."
　"혹시 왕진백이라는 이름을 아십니까?"
　"모릅니다."
　"그러면 커피숍 꼬망은 아십니까?"
　"모릅니다."
　"그래요?"

철저하게 모른다고 잡아떼는 이광인.

하지만 그런다고 해서 의심에서 벗어날 수는 없었다.

"증인, 지금 앉아 계신 자리는 증인석입니다. 압니까?"

"알고 있습니다."

"그러면 위증하는 경우 위증죄로 처벌받는다는 것도 아시죠?"

"네."

모를 수가 없다. 증인석에 올라갈 때는 증인으로서 선서를 하고 모든 경고를 들으니까.

물론 그가 범인인 경우 위증 처벌을 받지는 않는다.

그런 경우는 위증죄의 대상이 되지 않으니까.

하지만 그는 그 사실을 모르기에 노형진이 그를 압박하기 위해 위증죄 이야기를 꺼낸 것이다.

"그러니 다시 묻겠습니다. 증인은 왕진백이라는 이름과 커피숍 꼬망을 압니까?"

"모릅니다."

"그래요?"

노형진은 슬쩍 진양호 검사를 바라보았다.

뜬금없이 카페에 대해 이야기를 꺼내자 진양호는 이해가 안 가는 표정이었다.

"그러면 이 사진은 어떻게 생각하십니까?"

"무슨 사진……?"

"재판장님, 새로운 증거를 제출하고자 합니다. 이건 증인

이광인이 커피숍 꼬망에서 왕진백과 만나는 장면입니다."

순간 이광인의 눈이 엄청나게 커졌다.

그걸 알 거라고는 생각하지 못했기 때문이다.

그날 완벽하게 감시자를 따돌렸다고 생각했고, 가면서도 몇 번이나 추적을 따돌리기 위해 휴게소에 들러 가면서 뒤를 조심했다.

'하지만 그게 더 멍청한 짓이었지.'

노형진은 그가 휴게소에 들러서 자리를 비운 사이에 차량에 추적 장치를 달았다.

처음에 따라갈 때야 바짝 붙어서 조심해서 따라가야 했지만 추적 장치를 단 후부터는 거리를 둬도 상관없게 되었고, 당연히 이광인은 자신이 제대로 따돌렸다고 생각했을 것이다.

'설마 추적 장치까지 쓸 줄이야 몰랐겠지만.'

차량용 추적 장치는 그다지 흔한 물건은 아니지만 또 못구할 물건도 아니다.

어지간한 흥신소는 불륜 대상을 추적하기 위해서라도 두어 개 정도는 가지고 있는 게 보통이었다.

최고급 추적 장치도 100만 원 이하이기 때문에 그걸 구하는 건 어렵지도 않은 일이고.

"피고인은 카페 꼬망에 가서 그곳 주인인 왕진백을 만나 이야기를 하다가 나왔습니다. 그런데 모른다고요?"

"모릅니다. 저는 그곳 주인의 이름도 모르고 간판도 보지 않고 찾아갔습니다."

자신이 코너에 몰렸다고 생각한 건지 다급하게 변명하는 이광인.

물론 그런다고 해서 그가 현 상황에서 벗어날 수는 없었다.

"하지만 당신을 왕진백에게 소개시켜 준 사람 이야기는 다르던데요."

"네?"

노형진의 말에 이광인은 귀를 의심했다.

하지만 노형진은 그가 빠져나갈 구멍을 만들어 줄 생각이 없었다.

실제로 많은 사람들이 카페의 이름을 모르고 위치만 보고 들어가고 직원이 이름표를 붙이고 있어도 딱히 눈여겨보지 않으니, 이름표도 없는 다른 이의 이름을 모른다고 하는 것은 얼마든지 가능하기 때문이다.

"재판장님, 여기 다른 증인을 신청하는 바입니다."

이광인은 어리둥절한 표정을 짓다가 바깥에서 힘겨운 표정으로 들어오는 남자를 보고 얼굴이 사색이 되었다.

"검찰 측, 증인에게 더 질문이 있습니까?"

진양호는 이광인과 남자를 바라보다가 고개를 저었다.

"없습니다."

진양호는 이광인이 단순 피해자라 생각해서 제대로 조사하지 않았다.

그래도 지난번 이후에 조사를 대략적으로나마 해 봤지만 드러난 이상 징후가 없었기에 그냥 넘어갔다.

그랬기에 질문할 것도 없었다.

문제는 갑자기 나타난 새로운 증인이었다.

"이광인 증인, 더 이상 질문 없습니다. 내려가세요."

이광인은 판사의 말에도 멍하니 새로 나타난 증인만 바라보고 있었다.

'내가 그렇게 잡은 놈을 놔줄 줄 알았나?'

그날 이광인의 차량을 끌고 간 사람을 노형진은 당연히 추적했고, 그를 잡는 데 성공했다.

노형진이 사건에 대해 이야기하며 왕진백이 중국 스파이라는 점까지 까발리자 이광인을 도와줬던 남자는 손을 바들바들 떨어 댔다.

그의 이름은 나관수. 이광인의 친구였다.

예상대로 나관수는 최면술을 이용해서 이득을 챙긴 사람이었다.

노형진은 그런 나관수에게 왕진백이 중국 스파이일 경우 죄를 인정하지 않으면 국가 반역죄로 엮일 수 있다고 말해 주었고, 나관수는 결국 자신의 잘못을 인정하는 쪽으로 방향을 바꿀 수밖에 없었다.

인생 전부가 박살 날 죄인 반역죄에 비하면 자신의 죄는 실로 작은 것이었으니까.

최소한 자신이 감옥에 가는 것은 원하지 않았으니까.

"증인, 선서하세요."

선서를 하고 앞으로 나온 나관수는 침을 꿀꺽 삼켰다.

"증인 이름이 나관수가 맞습니까?"

첫 번째 질문을 한 것은 노형진이었다.

"네."

"증인이 이광인에게 왕진백을 소개시켜 준 사람이 맞습니까?"

"맞습니다."

"그러면 증인은 왕진백과 어떻게 아는 사이입니까?"

"왕진백과는……."

눈치를 보던 나관수는 조심스럽게 입을 열었다.

"제가 사건을 무마할 때 만난 사이입니다."

"어떤 사건입니까?"

"불륜입니다."

"자세하게 말하세요."

"그게……."

그는 잠깐 고민했지만 결국 입을 열었다.

"불륜을 저지른 후 아내와 헤어지고 싶었는데 아내가 헤어지는 걸 거부해서……."

시작은 이광인과 비슷했다.

이혼을 원했지만 아내는 이혼은 절대 안 된다는 입장이었고, 불륜녀에게 눈이 돌아간 나관수는 어떻게 해서든 이혼하려고 했다.

"그때 만났습니다."

"어떻게 만났지요?"

"같이 일하던 사람이 이야기해 줬습니다."

그 역시 비슷한 경우였고, 이혼을 위해 왕진백을 포섭했다고 했다.

"그래서 왕진백이 뭐라고 하던가요?"

"깔끔하게 이혼시켜 줄 수 있다고 했습니다. 시간이 좀 걸리지만, 그래도 한번 걸려들면 절대로 못 벗어난다고 했습니다."

"그래서요?"

"전 와이프를 속여서 만나게 했습니다. 그리고 최면술을 걸었습니다."

물론 처음부터 쉽게 되는 건 아니었다.

하지만 처음에는 주기적으로 왕진백과 만나도록 최면을 걸고, 그 이후에 천천히 강력한 최면을 걸었다고 한다.

"그렇게 두 달 만에 협의이혼을 했습니다."

원래대로라면 그는 이혼 청구도 하지 못하고 위자료로 막대한 돈을 뜯기게 되었을 것이다.

하지만 협의이혼을 통해 이혼도 하고 재산 역시 반으로 깔끔하게 나누는 데 성공한 것이다.

"그걸 이광인에게 알려 줬나요?"

"그렇습니다. 이광인도 바람을 피우고 있었고 이혼하고

싫어 한다는 걸 알았으니까요."

두 사람은 친구였고, 그 때문에 서로 그러한 사정도 공유하고 있었다.

자신이 성공하자 자연스럽게 소개시켜 준 것이다.

'끼리끼리 뭉친다더니.'

노형진은 혀를 끌끌 찼다.

나관수는 이광인도 자신처럼 이혼을 한 후 재혼할 거라 생각했던 것이다.

하지만 현실은 좀 달랐다.

'그놈의 돈이 뭔지.'

이광인의 아내인 송하은은 상당한 재산을 가지고 있었고, 그 때문에 이광인은 이혼보다는 살인을 선택했던 것.

"그 이후에 송하은이 죽은 걸 알고 뭐라고 해 봤나요?"

"아무 말도 하지 않았습니다. 그냥 사고였다고 들었거든요."

나관수는 떨떠름하게 말했다.

사실 약간 이상하기는 했지만 그래도 설마 사람을 죽이는 것까지 가능하리라고는 상상도 못 했고, 그렇다고 해도 진짜 죽이겠느냐는 생각도 있었다.

'거기까지가 일반인의 생각이지.'

하지만 일반인이 아닌 자들은 욕심을 위해 사람을 죽이는 짓도 서슴없이 저지른다.

"그러면 그 이후에는 연락을 하고 지냈나요?"

"그건 아닙니다. 이광인의 아내의 장례식 이후에는 서로 연락도 하지 않고 지냈습니다."

아무리 그래도 떨떠름함은 사라지지 않아 당연히 그는 거리를 두려고 했다.

"그래서 최근에 연락한 건 언제죠?"

"지난주 일요일입니다."

"뭐라고 하던가요?"

"자신이 의심받고 있으니 자기 대신 감시자들을 따돌려 달라고 했습니다."

노형진은 그 말을 듣고 판사를 바라보았다.

"판사님, 저희 쪽에서 이광인을 감시한 것은 사실입니다. 하지만 도대체 왜 감시를 피해서까지 그렇게 왕진백을 만나야 했을까요? 제출한 사진을 보시면 알겠지만 왕진백을 만난 시점이 바로 지난주 일요일입니다."

확실히 의심스러운 상황.

판사의 의심은 점점 깊어져 가고 있었다.

"그래서 그날 어떻게 했지요?"

"처음에는 거절하려고 했습니다. 하지만 거절하면 전 와이프를 만나서 제가 최면술로 이혼한 거라고 다 떠벌리겠다고 했습니다."

그렇게 되면 나관수는 망할 수밖에 없었다.

이혼 취소를 당할 수도 있고, 설사 그 정도는 아니라 해도 자신이 불륜을 저지른 거라 재산 분할에서도 불리하고 나아가 손해배상까지 해야 한다.

"그래서 어쩔 수 없이 그곳에 가서 이광인의 옷을 입고 그의 차를 몰고 현장을 떠났습니다."

"그리고요?"

"얼마 가지 않아서 새론의 직원들에게 잡혔습니다. 새론에서는 상황을 설명해 줬고요."

물론 그 과정에서 약간의 위협도 있었지만 그는 그 부분에 대해서는 모른 척했다.

자신도 국가보안법으로 엮이고 싶지는 않을 테니까.

"그 말은, 왕진백이 최면을 이용해 사건을 상당히 많이 무마해 왔을 수도 있다는 소리군요."

"그런 게 전문이라고 들었습니다."

"살인에 대해서는요?"

"그건 모릅니다."

"그래서 왕진백에게 얼마를 주셨습니까?"

"이혼의 조건으로 천만 원을 줬습니다."

최면술로 피해자를 만들었다는 증언이 나오자 검사인 진양호는 짜증이 나는 표정이 되었다.

'죽을 맛이겠지.'

이쪽이 입증했으니 그걸 받아서 조사해야 하는 것은 이제 검사의 책임이다.

그런데 최면술이라는 부정확하고 뚜렷하지 않은 것을 수사하는 방법에 대해서는 아는 게 없으니 짜증이 날 수밖에.

'하지만 진짜 짜증 나는 일은 시작도 안 했다.'

노형진은 진양호를 보면서 속으로 키득거렸다.

⚖️

"국정원에서 나왔습니다."

"국정원요?"

조사를 시작하고 얼마 지나지 않아서 바로 진양호를 찾아온 남자. 그는 자신의 신분증을 내밀며 말했다.

"왕진백에 대해 조사하고 있더군요."

"아, 네. 그렇습니다만."

아무리 검사라고 해도 국정원 요원은 두려움의 대상일 수밖에 없다.

더군다나 최근에는 더더욱 그랬다. 검찰 내부 개혁의 기치 아래 털어서 조금이라도 먼지가 나오면 어마어마한 처벌이 떨어지기 때문이다.

물론 진양호는 자신이 잘못한 게 없다고 생각하고 있지만 그래도 떨리는 건 어쩔 수 없었다.

'도대체 그놈이 뭐길래 갑자기 국정원이 터져 나오는데?'

노형진이 고의적으로 국정원 관련 내용을 이야기하지 않

았기에 그는 당혹스러울 수밖에 없는 상황이었다.

"왕진백 씨가 살인을 했다는 증거는 없습니까?"

"애석하게도 아직은⋯⋯."

"찾으십시오."

"네?"

"왕진백이 살인했다는 증거를 찾으십시오."

"하, 하지만 그게⋯⋯ 쉽지 않습니다. 최면술이라니요. 요즘 같은 시대에 그게 가능할 리가⋯⋯."

"시대랑 상관없지요. 전문가의 조언을 받아도 좋고 영장을 청구해도 좋습니다. 무조건 찾으십시오."

국정원 요원의 말에 진양호는 떨떠름한 표정이 되었다.

"국정원은 기본적으로 전면에 나서지 않으려고 하지요. 외부에 자신들이 드러나는 것을 꺼리는 건 모든 정보 조직의 기본이니까요."

하지만 이미 왕진백은 그들의 사정권에 들어왔다.

"하지만 무조건 납치할 수도 없는 노릇입니다."

왕진백은 중국의 주요 감시 대상이기도 하다.

그를 감시하던 요원들이 사로잡혔으니 당연히 중국은 비상이 걸렸을 것이다.

"이런 상황에서 왕진백을 무조건 체포할 수는 없지요."

물론 그러면 편하기는 하다.

하지만 법적인 문제가 생긴다.

체포하는 순간 중국은 분명 변호사를 붙일 테고, 그를 통해 왕진백을 빼내려고 할 가능성이 크다.

"그러니 합당하게 체포하기 위해서는 살인 혐의가 필요하다는 거네요."

노형진의 계획을 이해한 고연미는 고개를 끄덕거렸다.

"맞습니다. 슬쩍 우리 입증책임을 검사한테 떠넘긴 거지요."

아무리 새론이 뛰어나고 수사 기법이 발달했다고 해도 가장 기본적인 문제, 즉 수사권이 없다는 문제는 어쩔 수가 없다.

그리고 수사와 조사는 할 수 있는 수준이 전혀 다르다.

"하지만 왕진백이 스파이라는 걸 알고 있는 국정원에서는 이걸 기회라고 생각할 겁니다."

검찰을 통해 그를 체포할 수 있다면 당연히 국정원은 드러나지 않는다.

"하긴, 그러면 국정원 입장에서는 답은 하나뿐이네요."

수사권도 없는 새론에 자료를 달라고 할 수는 없으니 검찰에 이야기해야 한다.

당연히 검찰에서는 그 수사를 안 할 수가 없다.

"검사 입장에서는 절대 왕진백을 조사하지 않을 테니까요. 그래서 어쩔 수 없이 이런 복잡한 방법을 쓴 겁니다."

검찰의 업무는 범죄자의 기소다.

문제는 이게 진실을 찾는 과정이 아니라 정해진 범죄자를 처벌하는 과정이라는 거다.

조사 과정에서 다른 범죄의 증거가 나왔을 때, 만일 다른 사람이 범인이라거나 뒤에서 조종한 거라는 증거가 나온 경우 그를 조사하는 것은 검찰의 책임이 아니라는 거다.

현행법에는 피고인에게 유리한 증거가 나오는 경우 검찰은 그걸 감추지 않고 공개하도록 되어 있다.

"문제는, 이 유리한 증거라는 게 애매하죠."

이번 사건을 예로 들면 유리한 증거라고 할 수 있는 건 없다.

하지만 노형진은 의심스러운 정황을 제출했다.

"그걸 검찰에서 과연 조사할까요?"

조사와 기소는 오로지 검사의 영역이다.

그리고 이건 명백하게 정황증거일 뿐 완벽한 증거는 아니다.

"하긴 검사가 조사를 못 하겠다고 버텨 버리면 답이 없네요."

"맞습니다. 그게 가장 큰 문제죠."

조사를 하지 않고 기소를 유지하는 경우 노형진은 왕진백에 대해 배제한 채로 최면술이라는 걸 주장해야 하는데, 왕진백을 배제한다면 최면술 자체가 존재하지 않는 셈이 된다.

"하지만 이제는 왕진백이 수면 위로 떠올랐으니 상황이 달라졌지요."

그리고 왕진백을 조사하게 되면 상황은 완전히 달라질 것이다.

"우리도 슬슬 협상을 한번 해 봐야 하지 않겠습니까?"

⚖

진양호는 어쩔 수 없이 왕진백에 대한 영장을 청구했다.

사실 최면술이라는 황당한 주제로 청구하는 영장이 무슨 의미가 있나 싶기도 했다.

하지만 현실은 그의 생각과 달랐다.

청구한 지 채 두 시간도 지나지 않아서 바로 영장이 나왔던 것이다.

"이런……."

그리고 거기서 진양호는 확실히 이상한 징후를 확인할 수 있었다.

기록을 보면 불규칙적으로 큰돈이 들어왔기 때문이다.

작게는 3천만 원, 크게는 억 단위의 돈이 들어온 흔적을 찾을 수 있었다.

그것도 왕진백이 현금으로 입금한 것이었다.

일정 금액 이상의 돈이 움직이는 경우 금감원에 기록이 들어가기 때문에 그걸 감안해서인지 왕진백은 하루에 800만 원 이상의 돈을 넣지 않았다.

상식적으로 그렇게 큰돈이 들어올 구멍이 없음에도 불구

하고 말이다.

어떤 경우는 거의 2주간 넣었는데, 그러면 수억이다.

실제로 왕진백이 사는 집도, 가게도 그런 돈으로 산 것이었다.

"진짜 최면술로 뭘 한 건가?"

최면술을 부정적인 진양호였지만 이런 기록을 보게 되니 떨떠름함을 떨칠 수가 없었다.

그 말이 사실이라면 문제가 달라지기 때문이다.

자신의 패배가 문제가 아니다.

검사 노릇을 하다 보면 질 수도 있고 이길 수도 있다.

그러나 그 말이 사실이라면, 억울하게 처벌받은 사람이 있을 수도 있다.

'더군다나 그 요원이 그랬지, 중국에서 보낸 고정간첩이라고.'

그 말은 누군가를 세뇌해서 정보를 빼돌렸을 수도 있다는 소리다.

안 그래도 홍안수 때문에 나라가 발칵 뒤집어진 상황이었다. 그런 상황에 세뇌당해서 자신도 모르게 정보를 흘리는 존재가 있다면 국가에는 위험할 수밖에 없는 일이었다.

"김 수사관, 왕진백이 계좌가 이것뿐이야?"

"일단은 그렇습니다."

"다른 가족들은?"

"영장 청구할까요?"

"바로 청구하고, 주변에 다른 재산이 있는지 알아봐."

비록 그가 공안 검사는 아니라고 해도 스파이 문제는 그냥 넘어갈 수 없었다.

물론 그 와중에 노형진이 슬쩍 협상을 걸어올 거라고는 생각도 못 했지만.

⚖

"이런 자리 불편합니다."

자신을 은밀히 만나고자 하는 노형진의 연락을 받고 나온 진양호는 불편한 표정으로 떨떠름하게 말했다.

검사와 변호사가 별도의 자리를 가지는 것은 아무래도 오해를 사기 딱 좋았다.

"그런 것치고는 빨리 나오셨네요."

"크흠, 사건이 사건인지라……."

노형진이 웃으며 말하자 어색한 표정으로 변명하는 진양호 검사.

"그래, 나한테 할 말이 있다고요?"

"지금쯤이면 상황이 이해가 가실 것 같은데요."

"뭐, 이해는 갑니다. 내가 빼도 박도 못하는 상황이라는 것도."

국정원에서 끼어들어서 관리를 시작했으니 왕진백을 놔줄

수는 없고, 결과적으로 박구한에 대한 처벌은 무죄가 나올 가능성이 높아졌다.

"내 한 가지만 묻지요. 그 최면을 건 사람이 왕진백이지 않습니까? 그 사람이 중국 스파이가 아니었다면 어쩔 생각이었습니까? 보아하니 조사하다가 얻어걸린 것 같은데."

"음, 그렇잖아도 그 문제로 이야기하려고 왔습니다."

"그 문제로요?"

"네. 원래 계획대로 해도 되지만 그걸 검사님한테 맡기는 게 좋을 것 같아서요."

그 말에 진양호 검사는 묘한 표정이 되었다.

"나한테 조사를 맡긴다니, 그게 말이나 된다고 생각합니까?"

"됩니다. 제가 노리는 건 왕진백이 아니라 그의 부인이니까요."

"뭐요?"

"왕진백의 부인에 대해서는 조사하셨습니까?"

"이미 했습니다. 별다른 특이 사항은 없더군요. 왕진백이 잘 속인 것 같던데."

"저는 지금보다는 과거에 관심이 많습니다."

"음?"

"왕진백의 부인의 아버지가 누구인지 아십니까?"

"누군데요?"

"함규필 안기부 2차장이었습니다."

"......!"

진양호의 눈이 커졌다.

그건 전혀 몰랐으니까.

"아마도 국정원에서는 알고 있을 겁니다. 그래서 난리가 난 거고요."

"이...... 무슨......."

"반대로 말하면, 당신이 제대로 털어 내면 나라가 뒤집어 진다는 거지요."

중국에서 파견된 스파이. 그리고 그 스파이가 결혼한 상대 가 국정원의 전신인 안기부의 2차장이었다는 것은 심각한 문 제였다.

"우연치고는 좀 공교로운 우연 아닙니까?"

"......."

"제가 한국 정보 시스템을 잘 아는 건 아니지만 말입니다, 왕진백은 명백하게 한국인이란 말이지요. 즉, 가짜 신분증을 얻었다는 건데, 그걸 줄 수 있는 사람이 누가 있었겠습니까?"

"으음......."

안기부 시절에 그들의 권력은 절대적이었다.

당연히 가짜 신분 하나 만드는 건 일도 아니었다.

"그런데 함규필 차장이, 자기 사위가 스파이니까 안타까 운 마음에 한국 국적을 줬을 가능성이 클까요, 아니면 왕진 백이 그에게 최면술을 걸었을 가능성이 클까요?"

"당신은 그걸 어떻게 안 겁니까?"

"우연히 안 겁니다. 사실은 최면술의 대상이 부인이라고 생각했거든요."

"부인?"

"왕진백은 결혼 이전에는 빈털터리였습니다."

아무리 중국에서 스파이를 밀어준다고 해도 막대한 돈을 주지는 않는다.

생활이 가능한 정도의 공작금이야 주겠지만 큰돈을 주지는 않는 게 현실이다.

"그런데 결혼을 하고 처가의 돈으로 부자가 되었단 말입니다. 그래서 생각해 본 거죠. 최면술로 사람도 죽이게 할 수 있는데 사람을 사랑하게 하는 건 불가능할까?"

물론 시간이 필요한 일일지도 모른다.

하지만 교제하는 중이었다면?

하다못해 처음에는 교제하자고 하면서 최면술을 걸 시간만이라도 있었다면?

"그래서 맨 처음 계획은 부인에 대해 조사하는 것이었지요."

그런데 조사하다 보니 나온 게, 부인의 아버지가 하필이면 안기부 차장이었단다.

더군다나 2차장이었단다.

안기부에서 2차장이 관리하는 것은 국내 첩보에 관련된 내용들이다.

"그러니 가짜 신분증 하나 만드는 것도 어려운 일은 아니었을 테고."

그렇게 가짜 신분을 얻고 그의 사위가 되었다면?

"아마 중국 스파이를 잡지 못했다면 의심도 하지 않았겠지요."

국정원 차장 딸내미라고 해도 결혼은 해야 하니까.

하지만 그게 최면 전문 스파이라면 이야기가 달라진다.

"그리고 아실 테지만, 안기부 2차장쯤 되는 사람이 만나자고 하면 누가 거절하겠습니까?"

안기부라는 단체는 그 당시만 해도 무소불위 그 자체였다.

멀쩡하게 잘 지내던 사람도, 마음에 안 들어 빨갱이 한마디만 뒤집어씌우면 모든 것이 끝나던 그런 곳.

"그래서 협상하려고 왔지요."

"협상이라……."

"검사님 입장에서도 박구한보다는 그래도 왕진백이 실적에 엄청 도움이 되지 않겠습니까?"

"어차피 그건 법원에서 결정한 문제입니다."

"그건 맞지요."

검사를 설득하는 것과는 별개로 법원에서 최면을 인정하는 건 전혀 다른 문제다.

이 모든 게 다 사실로 드러난다고 해도 판사의 '응, 최면 아님.' 이 한마디면 어쩔 수 없이 박구한은 살인으로 죄를 인정받을 수밖에 없다.

"그러니 검사님이 좀 협조해 달라 이거죠."

최소한 변호사가 주장하는 것보다는 검사가 증거로 제출하는 게 판사에게는 더 강력한 힘을 발휘할 테니까.

"내가 왜 그래야 하지요? 어차피 박구한은 현행범인데."

"압니다. 하지만 최면술이 인정되면 감옥이 아니라 정신병원으로 가겠지요."

그것만으로도 그에게는 충분히 도움이 되는 일이다.

"더군다나 검사님 입장에서는 말입니다, 그게 이율배반적인 상황이 되거든요."

왕진백에게는 당연히 변호사가 붙을 테고, 그 변호사는 박구한의 사건을 판례로 들이밀 것이 뻔하다.

판례라는 건 무척이나 중요하다.

이미 판례로 최면술을 인정하지 않게 되었는데 그때 가서야 진양호가 왕진백을 최면술사라고 밀어붙이면 상황이 웃기게 되는 것이다.

"그렇게 되면 사건의 진실성이 없어져 버리지요."

어떤 사건에서는 최면술을 인정하지 않아 놓고 다른 사건에서는 인정한다면, 당연히 판사 입장에서는 법률적인 확신성이 떨어진다고 볼 수밖에 없다.

두 가지 다 진양호라는 동일한 검사의 주장이니 당연히 그럴 수밖에 없고 말이다.

"그걸 피하기 위해 검찰이나 국정원이 선택할 수 있는 건

한 가지 방법뿐이지요."

바로 진양호를 배제하는 것.

진양호를 사건에서 물러나게 한 후 사건을 다른 검사에게 넘기는 것이다.

그렇게 되면 일단 공략은 가능해진다.

사건마다 검사의 입장은 다를 수가 있으니까.

"하지만 그렇게 되면 진 검사님은 남 좋은 일 시켜 주시는 겁니다."

"끄응……."

확실히 이건 큰 건이다.

이만저만 큰 건이 아니다.

이 정도 건을 해결하면 그의 커리어가 하이를 찍는 데에는 부족함이 없다.

"그걸 통째로 다른 검사에게 넘겨주게 되는 거란 말입니다."

노형진의 절묘한 말을 들으면서 진양호는 악마의 속삭임이 뭔지 알 것 같았다.

"새론은 늘 이런 식입니까?"

"그게 무슨 말입니까?"

"이기기 위해 이런 말도 안 되는 협상까지 합니까?"

"필요하다면요."

노형진은 자신 있게 말했다.

"새론의 모토는 모두에게 공정한 변론입니다. 만일 제가 변론하는 대상이 경계선 지적 장애를 가진 박구한 씨가 아니라 대룡의 유민택 회장님이었다면 진양호 검사님은 이상하다고 생각하지 않았을 겁니다. 안 그런가요?"

"부정할 수 없군요."

돈이나 권력을 가진 사람들을 위해 변호사가 협상을 거는 경우는 흔하다.

다만 이번에는 그 대상이 일반인이라서 신기한 일이었다.

"거절하셔도 상관없습니다."

노형진은 느긋하게 말했다.

"다음번 검사님은 좀 다르게 생각하실 테니까요."

"……."

공안 검사는 상당수 사라졌다.

하지만 야심을 가진 검사가 사라진 것은 아니다.

"제가 무조건 박구한 씨를 풀어 달라는 게 아닙니다. 다만 그가 최면에 걸렸는지 입증할 기회를 달라는 거지요."

진양호의 판단은 빨랐다.

어차피 국정원이 끼어 있는 이상 답은 정해져 있었다.

"대신 나도 조건을 달지요."

"어떤……?"

"내가 알기로는 새론의 스타 검사에는 공안통이 없다던데."

"아무래도 그렇지요."

스타 검사라는 것은 유명 검사를 만들어서 그를 후원하고 내부에서 정화 작업을 하는 것을 목표로 한다.

당연히 기득권층에 있어서는 새로운 저항 세력인지라 받아들여질 리가 없다.

부정부패를 통해 권력을 유지하는 자들에게 있어서 가장 꼴 보기 싫은 게 바로 스타 검사였다.

"그런 의미에서 공안과 스타 검사는 아무래도 어울리지 않죠."

공안 검사는 공공의 안전을 위해 일한다 해서 공안 검사라 불린다.

하지만 실상은 공공의 안전이 아니라 기득권 세력의 보호를 위해 움직이기에, 기득권의 부패와 싸우는 스타 검사와는 상극일 수밖에 없다.

"나를 스타 검사로 만들어 주십시오. 그것도 공안 검사로."

"공안 스타 검사요?"

진양호는 야망이 있는 사람이다.

그는 자신의 미래를 많이 고민해 왔다.

검사로 끝날 것인가 아니면 변호사로 끝날 것인가?

사실 진양호뿐만 아니라 대부분의 검사들이 하는 고민이다.

"공안이라는 건 절대적으로 필요하죠, 지금까지 그랬던 것처럼."

중앙정보부에서 시작되어 안기부를 거쳐 국정원이 된 정보 단체는 사실 이미지가 아주 안 좋다. 외부의 정보보다는 자국민의 탄압에 앞장서서 활동했으니까.

그럼에도 불구하고 그들은 건재하다.

권력이 축소되었지만, 그렇다고 해서 사라지지는 않는다.

결국 어떤 이름을 쓰든 어떤 형태가 되든, 국가에는 정보가 필요하니까.

"공안 검사는 결코 사라지지는 않죠. 사라질 수가 없어요."

한국은 사방에 적이 많다.

전쟁 중인 북한, 사실상 적대 국가 취급을 하는 일본, 어떻게 해서든 기술을 빼내고 지배하려고 하는 중국, 사실상의 독재국가 러시아.

그리고 동맹이지만 혈맹은 아니기에 언제든 이쪽을 버릴 수 있는 미국까지.

"공안이라는 것은 그런 적을 잡아들이는 업무를 하죠. 본업은 그거예요, 국민들의 탄압이 아니라."

"호오?"

그 말은 진양호가 그런 일을 하겠다는 거다.

물론 그 이면에는 자신의 이득이 있겠지만.

"재미있는 생각이네요."

물론 미국은 건드리기 힘들 테지만 다른 곳은 다르다.

사실 공안 검사의 존재는 필요하다.

일본 스파이를 박멸할 때 검찰에서는 어떻게 해서든 그걸 막기 위해 발악했었다.

지금이야 다 퇴출시켰지만.

"그러면 이번 사건이 처음이겠네요?"

"그리되겠지요."

아마도 국정원에서는 감추고 싶을지도 모르지만 말이다.

"그러면 제가 간단한 서비스를 해 드리지요."

"서비스?"

"그렇습니다. 스타 검사의 존재는 드러나야 하니까요. 그리고 언제나 얼굴마담이 필요한 사람들이 있지요, 후후후."

얼마 후 진양호는 노형진이 말한 서비스가 뭔지 바로 알아차렸다.

"CIA의 제임스 카터라고 합니다."

CIA에서 파견된 요원이었다.

"마이스터에서 정보를 들었습니다. 이번 문제는 한국만의 문제가 아닙니다."

"아!"

한국에 최면술에 능한 스파이가 파견되었다면 다른 나라에도 파견되었을 것은 당연한 일.

그러니 CIA는 그 추적을 위해 왕진백을 잡아야 했다.

'서비스 하나는 확실하군.'

미국 CIA와 연락처를 주고받고 같이 일한 검사라면 정치권 내에서도 무시할 수 없는 권력을 쥐게 된다.

더군다나 마이스터라면 외부 단체인 정보길드와도 거래하는 곳이다.

당연히 적대적 정치인들의 정보를 가지고 있을 가능성 역시 크다.

"반갑습니다."

진양호는 자신의 밝은 미래를 위해 손을 내밀었다.

⚖

'젠장, 어떻게 하지?'

왕진백은 법원에 있었다.

웃긴 일이지만 현실이 그랬다.

'도망갔어야 했나?'

자신이 증인으로 소환될 거라고는 생각도 못 했다.

하지만 자신은 증인으로 소환되었고, 그 결과 여기에 나와 있다.

'그래, 상관없어. 상관없는 일이야.'

그는 스스로에게 중얼거렸다.

사실 최면술에 걸렸다는 것은 절대 증명해 내기 쉽지 않다.

'더군다나 박구한은 절대로 드러나지 않아.'

살인과 관련된 건이기에 자신이 얼마나 심혈을 기울였던가?

이것이법이다

최면과 관련된 생각을 해내려고 하면 박구한이 극심한 고통을 느낄 수밖에 없도록 만들어 놨다.

영화나 만화처럼 최면으로 죽게 할 수는 없지만 고통은 느끼게 할 수 있다.

그리고 고통은 사람을 깨운다.

당연히 그 고통에 못 이겨 깨어나면서, 다른 자가 최면을 건 상태라면 그것도 벗어난다.

그 때문에 최면으로도 자신이 최면을 건 것을 알아낼 수는 없다.

'기회만 있었어도…….'

하지만 기회가 없었다.

자신을 감시하던 놈들이 잡혀 들어간 후에 감시자가 더 늘었다.

국정원 요원으로 보이는 자들뿐만 아니라 중국에서 온 자들도 보였다.

어느 쪽이든 자신이 이상 징후를 보이면 바로 체포할 게 뻔했다.

그나마 그건 운이 좋은 거다.

만일에 상대방이 중국 요원이라면 남는 건 죽음뿐이다.

중국에서는 더 이상 이용 가치도 없고 위험하기만 한 왕진백을 살려 두지 않을 테니까.

"친애하는 재판장님, 이번 사건과 관련해서 최면술의 여부는 중요한 쟁점입니다. 하지만 수차례의 실험 결과, 박구한은 심각한 방어 최면이 걸려 있습니다. 그 당시의 일에 대해 물어보려고 하면 극심한 고통을 느낍니다."

재판정에서 열심히 방어하는 노형진.

그런데 검사인 진양호는 그다지 공격하는 느낌이 없었다.

정상적이라면 아픈 척한 거 아니냐, 내면의 상황을 어떻게 증명할 것이냐 같은 식으로라도 반격을 해야 하는데 말이다.

'뭔가 이상해.'

왕진백은 이상하다는 느낌을 받았지만 그렇다고 해서 이탈할 수는 없었다.

당장 자신의 등 뒤에 일반 방청객으로 앉아 있는 사람도 척 보는 순간 요원이라는 걸 알 수 있었으니까.

"하지만 다른 피해자로 추측되는 사람을 대상으로 최면을 증명할 수 있을 거라 생각합니다."

노형진의 말에 진양호 역시 고개를 끄덕거렸다.

검사와 어느 정도 이야기가 되어 있다는 거다.

"검사 측, 검사 측은 이번 실험에 대해 반대하지 않습니까?"

"현실적으로 실험 대상은 최면에 걸렸다고 생각할 수 없는 사람입니다. 만일 최면에 걸린 게 사실이라면 최면을 통한 살인도 가능할 수 있을 겁니다."

즉, 대상이 누구인지는 모르지만 절대 최면은 아닐 거라는 거다.

"그러면 다음 증인을 호출해 주십시오."

노형진은 미리 준비한 사람을 불렀다.

그리고 그가 등장했을 때, 왕진백의 눈은 엄청나게 커질 수밖에 없었다.

"당신이 어떻게……?"

방청석에 앉아 있던 그조차도 놀랄 수밖에 없었다.

증인으로 나온 사람은 다름 아닌 그의 아내였으니까.

"증인들, 알은척하지 마세요. 여기는 신성한 재판정입니다."

증인들은 재판정에서 서로 대화하면 안 된다.

그렇게 되면 서로 말을 맞출 수 있기 때문이다.

'그래, 네가 그러겠지.'

갑자기 벌떡 일어나는 왕진백을 보면서 노형진은 몰래 주먹을 불끈 쥐었다.

'제대로 잡았다.'

이미 왕진백이 최면 전문가라는 건 알고 있다.

만일 최면을 풀려고 하면 고통을 느끼게 해 놨다는 것도 안다.

'하지만 오래된 사람이라면?'

아주아주 오래전에 건 사람이라면?

그리고 딱히 그게 풀릴 거라 생각하지 않고 언제든 다시 걸 수 있다고 생각한다면?

'인간은 익숙한 대상에게는 방심하기 마련이지.'

결혼해서 애까지 낳은 자신의 아내가 설마 배신하리라고 생각할까?

애초에 이 나이가 되면 불타는 사랑으로 사는 게 아니라 정으로 산다고들 이야기한다.

그래서 방심하는 게 사실이다.

"함숙자 씨."

노형진은 진지하게 증인에게 말했다.

"사전에 말씀드린 대로 최면 여부에 대해 확인하고자 합니다. 동의하십니까?"

"네."

함숙자는 고개를 끄덕거렸다.

사실 노형진이 찾아와서 이런 말을 했을 때, 말도 안 되는 개소리라고 생각했다.

하지만 수많은 증거들을 보면서 이상하다는 생각도 할 수밖에 없었다.

물론 젊어서 왕진백을 불같이 사랑한 것은 사실이다.

그러나 이상한 점은 분명 존재했다.

처음에는 불같이 반대하던 아버지가 갑자기 왕진백에게 우호적으로 변했고, 자식들도 사춘기에 갑자기 변했다.

생각해 보면 주변에서 사람이 갑자기 바뀐 일이 많았다.

심지어 함숙자도 바뀌었다.

젊어서 그녀는 비혼 주의자였다. 하지만 왕진백을 만나고

서 바뀌었다.

아니, 그렇게 생각했다.

하지만 생각해 보면 왕진백이 처음부터 마음에 들었던 것은 아니었다.

우연히 만났고 처음에는 시큰둥했는데, 어느 순간 갑자기 그가 없으면 죽을 것 같았다.

천천히 스며든 것도 아니고 한눈에 반한 것도 아니다.

"재판장님, 시작하겠습니다."

심정상은 조심스럽게 나와서 함숙자에게 최면을 걸기 시작했다.

"이 시계를 보세요. 이 시계는 당신을 과거로 데려갑니다."

천천히 흔들리는 세계 그리고 점점 눈이 감기는 함숙자.

그리고 그걸 보면서 왕진백은 심각하게 눈치를 살피기 시작했다.

물론 그의 눈치는 이내 절망감으로 바뀌었다.

"어디 가시려고?"

"우리는 할 이야기가 많을 것 같은데."

왕진백의 양옆으로 앉는 두 사람.

시커먼 양복을 입고 있는 그들은 누가 봐도 국정원 요원이었다.

'아⋯⋯.'

왕진백이 절망하는 그때, 최면에 걸린 함숙자는 천천히 입을 열고 있었다.

"당신이 있는 곳은 어디인가요?"

"집이에요. 작은 2층집."

"거기가 어디인지 아시나요?"

"왕진백 씨의 자취방이에요."

어느 틈엔가 20대로 돌아간 그녀는 그때의 장면을 이야기 하고 있었다.

"거기서 뭘 하고 있나요?"

심정상의 말에 함숙자는 떨리는 목소리로 말했다.

"제가 누워 있어요. 남편이 제 눈앞에서 동전을 흔들고 있네요."

"뭐라고 하는지 들리나요?"

"당신은 내일부터 나를 사랑할 것이다, 내가 시키는 건 뭐든 해야 한다고 말하고 있어요."

그렇게 말하는 함숙자의 눈은 잔뜩 찡그러져 있었다.

"당신 기분은 어떤가요?"

"뭔 마르다 만 멸치같이 생긴 놈이 헛소리를 한다고……."

"크흠."

순간 터져 나올 뻔한 웃음을 애써 참는 사람들.

그러나 그 결과는 사실 뻔했다.

그게 성공했으니 결혼했을 것이다.

"다시 다른 시간대로 가 봅시다."

심정상은 천천히 함숙자에게 말을 꺼내었다.

"저희 신혼집이에요. 아버지와 어머니가 있어요."

"그래서 아버지는 뭐 하고 계신가요?"

"침대에 누워 계세요."

"그러면 왕진백은 뭐 하고 있나요."

"아버지 앞에 서 있어요. 그리고 마찬가지로 동전을 흔들고 있어요. 그 동전…… 그걸 보면 안 되는데, 말릴 수가 없어요. 안 돼……."

말이 계속될수록 점점 떨어지는 왕진백의 고개.

"뭐라고 하는지 들리나요?"

"아버지에게…… 자료를 달라고 하고 있어요. 내일부터 정보를 가지고 오라고."

거기까지 들은 노형진은 고개를 돌려서 판사에게 말했다.

"재판장님, 미리 알려 드리지 않았습니다만, 함숙자 씨의 아버지 함규필 씨는 안기부의 2차장이셨습니다."

그러자 상황이 어떻게 되어 가는지 알아차린 판사의 얼굴은 딱딱하게 굳었다.

'그렇지. 일이 이쯤 되면 판사도 어쩔 수 없이 최면술을 인정해야 하거든.'

그래야 왕진백을 체포하고 최면 피해자들을 찾을 수 있을 테니까.

"제 변론은 이상입니다."

노형진은 거기에서 말을 마치고 물러났지만 진양호도 더 이상 말하지 않았다.

그리고 앉아 있던 왕진백의 양팔 아래로 건장한 팔 두 개가 들어와서 팔짱을 꼈다.

"우리와 함께 갈래, 아니면 중국 요원들을 불러 줄까?"

답은 정해져 있었다.

"결국 최면술이 인정되네요."

"엄청 복잡했지만요."

노형진은 한숨을 쉬며 말했다.

엄청 복잡했지만 그래도 최면술을 이용한 범죄를 인정받았다.

한국의 재판부가 아무리 보수적이고 새로운 걸 인정하지 않는 편이라 해도, 한국의 스파이 조직과 최면술을 통한 정보 포섭 문제는 쉽게 처리할 수 없는 문제였다.

당연히 그걸 인정하는 판례를 만들어 놔야 나중에 처벌이 쉽기 때문에 인정한 것이다.

"피해자들은 어떤가요?"

왕진백은 결국 포기하고 사실을 다 말했다.

드러난 이상 외부로 나가면 중국 요원들에게 살해당할 게 뻔한 데다가, 노형진이 그렇게 자신이 있으면 최면술로 한번 싸워 보겠다고 했기 때문이다.

물론 그도 최면술을 버티기 위한 훈련을 받았겠지만 그건 벌써 수십 년 전의 일이다.

최면술의 이론은 더더욱 발전했고 반대로 그의 정신력은 옛날과 같지 않았다.

"그나저나 최면술 살인이라는 게 가능할 줄은 진짜 몰랐네요."

"몰랐지요."

심지어 최면술 살인이 이번이 처음도 아니었다.

최면술을 이용해서 이득을 챙긴 건 백 건이 넘고, 최면술을 이용해서 살인한 건 무려 세 건이었다.

"정말 인간은 발전하지만 범죄는 더 빨리 발전하는 것 같네요."

고연미는 어이없다는 듯 중얼거렸다.

"그러니까요. 그러니 우리가 잘해야지요. 노력이라는 것은 결국 그런 거니까요."

다만 그게 영원히 계속될 거라는 게 문제였다.

누군가를 위한 나라

　대한민국은 많이 바뀌었다.

　유토피아라는 표현까지 쓸 정도는 아니지만 공공의 업무
에 관해서는 극도로 감시가 활성화되었다.

　범죄에 대한 현상금, 개혁파 검사와 판사의 등장, 그동안
기득권층과 손잡고 국민들의 눈과 귀를 가리던 언론의 정화
등등 많은 것이 바뀌었고 그건 궁극적으로 나라가 투명해지
는 가장 큰 이유가 되었다.

　물론 저항이 없는 것은 아니었으나 그 저항의 순간에 노형
진은 피도 눈물도 없이 상대방을 밟아 버렸다.

　필요하다면 개인의 재산까지 써 가면서 공격했기에 부패
는 점점 사라지고 그들이 버틸 공간은 점점 줄어들었다.

"하지만 여전히 남아 있는 문제가 있지."

송정한은 피곤한 얼굴로 말했다.

개혁을 한다는 것은 그 시대의 사람들에게는 어마어마한 부담으로 다가올 수밖에 없다.

특히 개혁파라면 더더욱 그렇고, 전방에 있을수록 그럴 수밖에 없다.

국회에서 새롭게 생긴 반부패상임위는 그러한 최전방 중에서도 최전방이었다.

당연히 그곳을 이끄는 사람은 법률에 경험이 많은 송정한이었다.

그렇다 보니 그는 극도의 피로감을 느낄 수밖에 없었다.

"그런 문제를 이야기하기 전에 좀 쉬셔야 할 것 같은데요?"

쓴웃음을 짓는 송정한.

"내가 죽을 각오로 덤빈 일이야. 자네는 스스로 온몸에 똥칠을 하고 있는데 나라고 몸을 사릴 수는 없지 않나?"

노형진은 쓰게 웃었다.

나라를 바꾸는 데 가장 큰 힘을 쓴 사람은 노형진이고 당연히 국가의 절반은 그를 싫어한다.

심지어 현직 대통령과 민주수호당조차도 일부는 노형진을 견제하기 시작했다.

그가 너무나 강한 힘을 가지고 있다는 이유에서였다.

"그런 말씀을 하려고 저를 부르신 건 아닐 것 같은데요."

노형진이 정치나 권력에 관심이 없다는 건 누구보다 송정한이 잘 안다.

　사실 노형진이 사회운동을 자신이 다시 살아난 이유라고 생각하지 않았다면 혼자서도 떵떵거리면서 더 잘살 수 있었을 것이다.

　아마도 정도를 벗어났다면 전 세계를 뒤에서 조종하고 있을지도 모르고 말이다.

　"이번에는 자네에게 의뢰를 맡기고 싶어서 불렀네."

　"저한테요?"

　"그래."

　"회사에서 말씀하시죠."

　"새론이 아니라 자네에게만 의뢰하는 거야. 사실 의뢰라기보다는 부탁에 가깝네만."

　노형진은 진지한 표정을 하고는 자세를 바로잡았다.

　"저한테만 부탁하신다고 하니 심각한 문제인가 보군요. 무슨 부탁인데요?"

　"우리나라에 부처가 들어오면, 한국의 부처가 되지 못하고 부처의 한국이 된다. 우리나라에 공자가 들어오면, 한국을 위한 공자가 되지 못하고 공자를 위한 한국이 된다. 우리나라에 기독교가 들어오면, 한국을 위한 예수가 아니고 예수를 위한 한국이 되니 이것이 어쩐 일이냐. 이것도 정신이라면 정신인데 이것은 노예 정신이다. 자신의 나라를 사랑하려거든 역사를 읽을 것이며 다른 사람에게 나라를 사랑하게 하려거든 역사를 읽게 할 것이다."

송정한은 담담하게 중얼거렸다.

그리고 노형진은 그 말을 알고 있었다.

"단재 신채호 선생님의 말씀이군요."

유명한 독립운동가이자 계몽학자였던 신채호가 한국의 문화를 비평하면서 한 말이었다.

"어떻게 생각하나?"

"뭐. 틀린 말은 아닌 것 같습니다. 국가마다 문화적 기질이 다른 것은 사실이니까요. 그런 면에서 그분이 하신 그 말씀은 한국의 기질을 정확하게 읽어 내신 부분이 있지요."

당장 일본만 해도 그렇다.

바로 옆이고 이제 세계화가 되어 있는 일본은 지금도 저항이라는 게 없다.

야베가 몰락하고 나고 다시 권력을 잡은 일왕가에서 개혁을 시도하고 있지만 그것에 대한 저항은 거의 없었다.

승자는 일왕이니 모든 것은 그의 결정에 따른다는 것이다.

그게 바로 일본의 기본적인 문화다.

"그런데 그 말씀은 왜 하시는지?"

"자네, 요즘 애국총동맹이라는 단체에 대해 아나?"

"모를 리가 있겠습니까?"

한국을 대표하는 보수 세력이다.

물론 자칭 보수 세력일 뿐 내면은 전혀 아니다.

그들은 홍안수와 자유신민당을 찬양하며, 쿠데타는 국가 전복 세력인 민주수호당을 막기 위해 벌어진 일이라고 주장하고 있다.

그들은 여전히 홍안수의 석방을 주장하고 있으며, 군대가 일어나서 빨갱이를 죽여야 한다고 주장하는 극우 세력이다.

그들은 매주 서울 한복판에 수만에서 수십만이 모여서 시위할 정도로 숫자가 많다.

"설마 그들을 해산시켜 달라거나 하실 건 아니죠? 아이고, 그건 안 됩니다. 그리고 하고 싶지도 않고요."

물론 노형진이 하려고 하면 할 수는 있다.

내부의 기밀도 알고 있고, 주동자들의 범죄 사항도 제법 많이 들어오고 있기 때문이다.

"물론 그들의 말이 어불성설이기는 하지만 그들을 억압하는 건 전혀 다른 문제입니다."

그들도 결국 정치 세력이고, 하나의 정치 세력이 불법 여부와 상관없이 다른 정치 세력이 활동하지 못하게 한다는 것은 극단적 독재와 연결될 가능성이 크다.

"민주수호당이 독재를 하지 않을 거라는 보장도 없는 데다가, 해산시킨다고 해서 그들의 마인드가 바뀌지는 않습니다."

지금 해산해 봐야 그들은 소위 말하는 샤이Shy, 즉 자신을 드러내지 않고 조용히 있다가 투표에서 결판을 내는 세력이 될 것이다.

"알고 있네. 사실 정치적으로 보면 그들의 행동은 우리한테 이득이야. 그러니 없앨 생각은 없네."

애국총동맹에서는 자기들이 나라를 구한다고 생각할지 모르지만 사실 그들의 행동은 도리어 대부분의 사람들이 눈살 찌푸리게 하고 보수를 멍청이로 보게 하고 있을 뿐이었다.

"자네가 말한 대로 정치인은 이미지이지. 특히 한국에서는."

과거 보수의 이미지가 부자를 대표하는 성공한 이미지였다면 이제는 무식하고 극단적인 이들이라는 느낌으로 변하고 있다.

반대로 진보 측은 여러 가지 전략을 통해 인텔리적이고 젊은 이미지를 만들어 내는 데 성공했다.

"그런 그들은 사실 상관없네. 대한민국은 민주주의국가이고, 정치적 사상이 다르다고 해도 그건 정당한 거니까. 우리가 홍안수처럼 닥치는 대로 민간인 사찰할 것도 아니고."

"그러면 뭘 의뢰하시려고요? 새론이 아니라 저한테 따로 부탁하시는 걸 보니 법률적인 건 아니라고 생각하는데."

"신채호 선생님이 말하신 그 자체가 바로 의뢰이네."

"네?"

"나는 말이야, 지금 대한민국의 정치가 종교화되어 있다고 생각하네. 자네는 그런 생각 하지 않나?"

노형진은 순간 말문이 막혔다.

그리고 이내 수긍할 수밖에 없었다.

"맞습니다. 한국의 정치는 종교화되었지요."

"내가 의뢰하고 싶은 건 그걸 고치는 거네. 정확하게는 정치인들의 힘을 빼는 거지. 그게 가능할지 모르겠지만 말이야."

정작 송정한이 바로 정치인이다.

하지만 그는 정치인, 정확하게는 국회의원들의 힘이 너무 강하다고 생각하고 있었다.

"자네도 알다시피 국회의원은 절대적인 권력을 자랑하지. 세 번 떨어져도 한 번만 당선되면 본전의 몇 배를 뽑는다고 하니까."

한 번의 선거에 못해도 10억은 써야 한다.

그런데 한 번만 당선되면 그 이상을 얻는다.

그 말은, 초선이라고 해도 수십억은 우습게 받아 낼 수 있다는 소리였다.

"정치인은 국민들을 위해 일을 해야 해. 그런데 어느 순간 국민들이 정치인을 모시고 살고 있네. 웃기지 않나?"

"하긴. 말씀하신 대로 어느 틈엔가 정치가 아니라 종교가 되었지요. 그리고 정치인, 정확하게는 국회의원들이 교주가 되었고요."

"그래. 내 부탁은 그들의 힘을 빼 달라는 걸세. 그래야 나라가 제대로 설 거야."

노형진은 쓴웃음을 지으며 말했다.

"너무 힘든 걸 시키시네요."

정치의 기본은 국민들을 잘 먹고 잘 살게 하고 나라를 지키는 것이다.

하지만 어느 순간 정치는 기득권을 보호하고 국민을 착취하는 형태가 되어 버렸다.

"파시스트, 공산주의, 극우, 극좌. 뭐, 표현은 복잡하지만 결국 그런 사상의 공통점은 바로 사람들이 정치를 숭배한다는 거야."

오랜만에 만난 손채림.

노형진은 그녀와 커피숍에서 만난 후 내내 하소연만 했다.

그럴 수밖에 없었다. 이번 문제는 말문이 턱턱 막혔으니까.

국민이나 국가가 아니라 특정 권력자들을 위한 정치가 이제는 종교가 되어 버렸는데 그걸 바로잡으라니.

"그리고 그 시작점이 바로 정치의 종교화고."

잘못된 것을 잘못이라 인지해야 개선도 가능하다. 그런데 종교화된 정치는 자정작용이 없다.

"가장 핵심은 바로 그거지."

송정한이 원하는 건 특정 집단의 마인드를 가지게 하라는 게 아니다. 또한 자신들에게 권력을 쥐여 달라고 하는 것도 아니다.

도리어 송정한은 홍안수 사태 이후에 극도로 자기 세력이 늘어나는 것에 대해 걱정하고 있었다.

"네가 말했던 극단적 전향이라는 거야?"

손채림은 우려 섞인 말을 했다.

"극단적 전향이라……. 뭐, 그런 거랑 비슷하다고 할 수 있지."

극단적 전향이라는 것은 한 진영에서 다른 진영으로 이동한 자들이 정당성을 인정받기 위해 더욱 극렬하게 활동하는 것을 의미한다.

"지금 같은 경우는 종교적 강화에 들어갈지 모르지만."

종교적 강화란 이쪽이 무조건 옳으며 또한 진리라고 생각하는 거다.

홍안수는 국가 전복을 시도했고 그 이후에 사실상 선거에서 자유신민당은 참패할 수밖에 없는 상황이었다.

민주수호당의 지지 세력은 그 사건으로 인해 엄청난 힘을 얻었다.

이후 '그거 봐라. 자유신민당은 국가 전복 세력이고 친일 세력이다. 우리가 진리다.'라고 설치기 시작했다는 것이 문제다.

"하지만 그런 애들 중에도 제정신이 아닌 놈들이 있거든."

송정한의 말마따나 이쪽을 거의 신격화하고, 이쪽에서 하는 모든 일이 옳다고 생각하고, 그걸 반대하는 사람을 친일파 또는 국가 전복 세력이라고 외치는 사람들이 늘어난 것이 사실이었다.

한때 보수에서 진보를 공격하던 표현이 '빨갱이'였다면 이제는 반대로 진보에서 보수를 공격하는 표현이 '국가 반역자'였다.

실제로 국가 반역 사태가 벌어졌으니까.

"확실히 송 의원님이 우려할 정도로 상황이 급변하기는 했지."

쿠데타만 없었어도 이 정도는 아니었을 것이다.

"결국 잘못된 걸 잘못되었다고 할 수 있는 브레이크를 만들어야 한다는 건데."

"제3의눈이 있잖아."

"그게 문제야. 정치가 종교화되기 시작하면 제3의눈 같은 존재는 힘을 못 써. 왜냐? 공격하는 놈들은 모조리 이단인 셈이니까."

가령 지금 민주수호당에서 누군가 뇌물을 받아 처먹었다고 치자.

그렇다면 정상적인 결과는 그 사람의 위치나 소속과 상관없이 처벌이 들어가는 것이다.

그런데 지금 상황에서의 반응은, 진짜로 뇌물을 받은 게 아니라 국가 반역 세력이 누명을 씌운 것이라는 식으로 여론이 흘러간다.

실제로 그게 먹힐 걸 아니까 뇌물을 받은 정치인도 그걸 무기 삼아서 휘두르기 시작하고 말이다.

당연히 정상적인 처벌은 꿈도 못 꾼다.

"물론 자기 지지 세력이 부패했다는 걸 인정하기는 쉽지 않지. 하지만 부패를 인정하지 않으면 고치지도 못하는 거야."

실제로 몇몇 정치인들에 대해 제보가 들어갔고 그걸 바탕으로 고소와 고발을 진행하기도 했다.

횡령에서 폭행, 성추행까지 별의별 죄가 제3의눈에 들어왔고, 처벌을 위해 제3의눈에서는 그걸 공개했다.

"그런데 반응이 웃겼지."

노형진은 그때를 곱씹듯이 말했다.

사실 황당하기는 했다.

모 정치인의 범죄를 공개했을 때 국민들의 반응은, 나쁜 놈이라고 욕하는 게 아니라 좀 독하게 표현하면 우리 수령님이 그럴 분이 아니라는 식이었으니까.

"이쪽에서 뭐라고 하든 결국 지지 세력이 자기를 지지할 걸 아는 거야. 종교가 된 거지."

돈을 횡령해도, 강간을 해도, 사람을 죽여도 지지 세력은 절대로 마음을 바꾸지 않는다.

마치 북한의 삼부자를 최고 존엄이라고 결사 옹위하는 것처럼 범죄를 절대적으로 부정하고 함정에 빠진 거라고 주장한다.

"하긴. 그 당시에 피해자 집이 습격당했지?"

"맞아."

피해자는 분명 그 정치인에게 사기 피해를 입었다.

그건 경찰에서도 인정한 사실이었다.

그런데 지지자들은 그런 피해자를 습격해서 전치 6주의 부상을 입히고 심지어 그의 가족이 있던 집에 불을 지르려고 했다.

이유는 그 피해자가 사주를 받아서 그 정치인에게 가짜 범죄를 뒤집어씌우려고 했기 때문이라는 것이었다.

피해자가 일곱 명이 넘고 증거가 있는 것은 그들에게 아무런 의미도 없었다.

마치 종교처럼, 오로지 그 정치인만이 진리이며 그에 반하는 모든 것이 거짓이라고 생각한 것이다.

'하긴 이제 그 문제를 해결하기는 해하겠어.'

나중에 가면 무슨 선거만 하면 부정선거, 조작 선거 이야기가 나온다.

그걸 기억하고 있던 노형진으로서는 씁쓸할 수밖에 없었다. 종교가 되어 버린 정치는 대한민국을 끊임없이 갉아먹었다.

심지어 나라가 망해야 정권을 잡는다고, 나라가 망해야 한다는 말을 서슴없이 해 대는 사람들이 넘쳐 날 정도였다.

'아무리 언론과 검찰을 공정하게 만들었다고 해도 사람들의 마인드가 그런 식이면 바뀌는 건 없지.'

그러한 마인드는 너무 극단적이어서, 교황에게 빨갱이라거나 다른 나라의 대통령에게 친일파라고 하는 사람도 있었다.

하지만 진보니 보수니 하는 건 결국 한국 내부의 문제인데 외국의 수반에게 그게 무슨 의미가 있단 말인가?

각국의 수반은 자국의 기준에서 모든 걸 판단한다.

일본이 자국에 도움이 되면 그들과 손잡을 뿐, 그 과정에서 한국의 특정 정치집단을 신경 쓰지는 않는다.

"근데 그걸 어떻게 고치게? 교육을 할 수 있는 것도 아니잖아. 더군다나 국회의원의 힘을 뺀다고? 그게 가능하기는 해? 애초에 법을 만드는 건 국회의원이야. 헌법상 권력을 제한하기 위한 법률은 국회를 통해 만들어야 하는데, 현실적으로 국회의원들이 자기들의 권력을 제한하는 법을 만들 리가 없잖아."

노형진이 교육에 끼어들 수도 없거니와, 끼어든다고 해도 까딱 잘못하면 특정 성향을 가르친다는 의심을 받을 수도 있다.

안 그래도 선생이라는 작자들이 특정 정치색이나 특정 사상을 학생들에게 강제로 교육해서 온갖 민원이 들어오는 중이다.

원래 그러한 공무에 임하는 자는 정치적 중립을 지켜야 한다. 하지만 일부 선생들은 그런 법률을 무시하고 학생들에게 이상한 사상을 자꾸 주입하려고 한다.

더군다나 국회의원들은 자기들 권력에 대해서는 무척이나

예민하다.

아무리 첨예하게 대립하고 아무리 사이가 좋지 않아도, 자신들의 이권을 강화하는 법안이 올라오면 거의 만장일치로 통과시킨다.

아마도 국민들의 눈치만 보지 않을 수 있었다면 국회의원 연봉은 한 100억쯤으로 올랐을 것이다.

"그래서 너한테 물어보는 거야. 전 세계를 돌아다니니까 혹시 그런 것에 대한 해결책을 알게 되지 않았을까 해서."

"있겠어? 그런 거 해결한 나라는 거의 없어. 핀란드 정도나 되려나? 너도 알잖아, 종교화된 정치권력이 얼마나 심각한 문제인지. 그건 한국만의 문제가 아니고 미국이나 일본도 마찬가지잖아. 일본은 아예 자민당 자체가 종교 단체처럼 굴러가는 판국이고."

"하긴 그렇지. 핀란드가 좀 특이하다고 봐야 하겠지."

핀란드는 전 세계적으로 정치적으로 극도로 안정된 나라다.

그 덕분에 다른 나라들에는 엄청난 정치 선진국으로 인식되고 있다.

"그런데 핀란드는 절대 못 따라 하잖아."

핀란드의 정치가 안정된 이유는 간단하다.

정치인들에게서 모든 특혜와 권력을 박탈했기 때문이다.

핀란드의 정치인들에게는 가혹할 정도의 책임만이 있을 뿐이다.

"한국에서 잘도 그게 먹히겠다."

핀란드의 정치인에게는 어떠한 특혜도 없다.

물론 최소한의 지원은 된다.

그런데 그게 말 그대로 최소한이다.

관용차 같은 것도 없고, 월급도 제대로 안 나오고, 권력도 없다.

한국처럼 품위 유지비도 안 나온다. 그나마 보좌관 월급 정도나 나올까?

"하긴. 거기 정치는 3D 업종에 들어간다고 하더라."

손채림도 기억난다는 듯 말했다.

"아주 바짝바짝 말라 가던데?"

목에 힘주고 어흠, 그러면서 폼 잡고 다니는 게 아니라 정치인이기에 온갖 책임과 의무를 다해야 한다.

오죽하면 핀란드에서 정치인이 3D 업종이라는 소리를 할까?

"그러니까 정치적 안전성이 확보되는 거야."

정치를 하려는 사람은 자기 이권과 상관없는 일종의 봉사직인 걸 알고 들어가는 거니 당연히 거기서 얻을 이권도 없다.

그러니 애초에 이기적인 사람들은 들어가지 않는다.

그리고 이타적인 사람들이 모여서 일하게 되니 서로가 서로를 배려하고 대화하게 되는 것은 당연한 일.

"그런데 한국은?"

온갖 이권에 부패와 권력이 집중된다.

이기적인 사람들이 권력을 잡으면 나라를 모조리 털어먹으려고 덤벼들고 자기 정적을 죽이는 데 집중한다.

어떻게 이타적인 사람이 그 안에 들어가더라도 버틸 수가 없다.

자기 빼고 다 적인데 어떻게 버티란 말인가?

"당장 내가 정치인들 관용차라도 빼앗으려고 한다면 나는 천하의 개쌍놈 될걸. 아니다, 월급 10원이라도 깎아야 한다고 기자회견이라도 하면 당장 대한민국에서 가장 흉악한 범죄자 취급이겠지."

정치인들에게 차가 없는 게 아니다.

개인 차량이 있고 또 그걸 이용할 수도 있다.

진짜 지원해 준다고 하면 유류비 정도만 지원해 줘도 된다. 애초에 운전은 비서관이 하니까.

하지만 한국의 정치인들은 그마저도 아까워서 차는 당연히 관용차, 운전사는 기본, 거기다가 유류비는 무한대라는 황당한 조건으로 지원받는다.

실제로 모 정치인은 유류비로 한 달에 2천만 원을 쓰기도 했다.

한 달 내내 주행해도 그 돈은 안 나온다.

당연히 그건 카드깡이었지만, 결국 처벌받지 않고 무려 5선을 하면서 악착같이 뜯어먹고 나갔다.

"핀란드에서 이야기를 들어 보니 뭐 이야기가 통할 때까지 토론한다던데?"

"그것도 먹힐 때나 하는 거지. 한국에서는 안 먹힌다니까."

"그렇게 생각하면서 어떻게 정치인들의 권력을 빼앗으려고? 애초에 그게 가능하기는 한 거야?"

손채림은 살짝 눈을 찌푸리며 말했다.

"그러니까 말이다. 아무리 하고 싶어도 그게 쉽냐고."

정치적 의견이 다르다는 이유로 자식과 연을 끊고 사는 사람들이 수두룩한 게 한국이다.

"그런 걸 해결하기 위해서는 서로 벽을 없애고 이야기의 장을 만들어야 하는데 그게 가능하냐고. 국민들이 그렇게 합심해서 움직인다면 정치인도 별수 없기는 하겠지만."

"그러면 인터넷은 어때? 인터넷에다가 토론 같은 걸 올리는 거야. 그리고 국민들의 공감을 받아서 압박하는 거지."

손채림의 말에 노형진은 고개를 흔들었다.

그렇게 간단했다면 자신이 고민하지도 않았다.

"인터넷이라……. 뭐, 시도는 좋았지. 하지만 언제나 실패했어."

"어? 그런 게 있었어?"

"어, 있었지. 하지만 지금 토론의 장이라고 남아 있는 곳 중에 공정한 곳은 하나도 없어."

특정 세력을 지지하는 게 대세가 되어 버린 사이트들은 몇 개 있지만 중도적인 토론 사이트는 없다.

"그런 곳이 생기면 일단 자기들이 먹으려고 하거든. 그러다가 못 먹을 것 같다 싶으면 분탕질을 치기 시작해."

토론 사이트에서 각자의 의견을 주고받으면서 토론하는 건 좋다.

그런데 자기네 세력이 지는 경우 거기에 들어가서 모욕하고 싸움을 걸면서 분탕질을 시작한다.

"그것도 단순한 화풀이 정도가 아니라 아예 체계적으로 좌표를 찍어 가면서 회사들을 동원해서 분탕질을 친다고."

그렇게 분탕질이 심해지면 관리자들은 어쩔 수 없이 그쪽 사람들을 차단하게 된다.

당연하게도 그렇게 되면 특정 집단 세력만 남게 되는 악순환이 벌어지는 것이다.

"그렇다고 그냥 두면? 말 그대로 고객들이 떠나는 거지. 진상이 다니는 곳에는 일반 손님은 가지 않는 법이니까."

사이트를 열어도 정당한 토론이 아니라 송아지와 강아지, 빨간색과 파랑색 욕만 넘쳐 나는데 누가 거기에 가겠는가?

"사이트 관리자들 입장에서도 돌아 버릴 일이야. 한국에서 그런 식으로 망한 사이트가 어디 한두 군데인 줄 알아?"

한때 한국에서 가장 유명했던 많은 곳들이 그런 과정을 거쳐서 망해 갔다.

"그렇다고 양비론을 펼치면 양쪽 다에 버려진다고."

"인터넷 토론회에 상금이라도 걸면? 돈 때문에라도 오지 않을까?"

"수백억을? 설사 건다고 한들 그 이후에는? 그 돈이 떨어지면? 그리고 내가 장담하는데, 누가 승리해서 상금 먹으면 또 좌빨이니 쪽발이니 그런 말 나온다. 한국 최초로 노벨 평화상을 받을 때에도 그렇게 반대하는 편지가 많았다잖아, 정치적으로 자기들이랑 다르다고. 그 당시 심사 위원들이 초유의 사태라 어이가 없었다고 하더라."

한국의 유일한 노벨상인 노벨 평화상은 전임 대통령 중 한 명이 받은 상이다.

그런데 그게 발표되었을 때 많은 사람들이 그는 빨갱이라 상을 주면 안 된다고 편지를 보냈고, 심지어 노벨상 측이 빨갱이라는 주장을 하는 놈들도 있었다고 한다.

"그리고 토론을 잘한다고 해서 사상이 올바른 사람이라는 보장이 없잖아. 결국 정해진 몇 놈만 계속 먹게 될 수도 있고. 신념과 별개로 토론만 잘하는 놈들이 어디 한둘이냐고."

"하긴 그것도 그러네."

손채림도 이해가 간다는 듯 고개를 끄덕거렸다.

결국 토론도 잘 알고 준비한 사람들이 잘하기 마련이다.

그런데 정치는 대학의 교수부터 노가다를 뛰는 사람들까지 모두 공정한 권리를 가지고 있다.

"그리고 토론해서 이긴다고 한들, 그래서 국민들의 의견이 이렇다고 말한들 국회의원들이 받아들이겠어? 어차피 국민들을 무슨 붕어 대가리쯤으로 아니 시간이 지나면 잊어버리겠지, 그럴 텐데."

노형진은 착잡한 마음으로 그렇게 말했고 손채림은 머리가 지끈거린다는 표정으로 중얼거렸다.

"차라리 돈 주고 표를 사는 게 낫겠다. 정치인들의 권리를 어떻게 제한을 해? 진짜 답 안 보이는데. 우리가 뭘 하든 이미 종교화된 놈들이 물어뜯을 거 아냐?"

"그렇지."

"그걸 다 족칠 수도 없고……."

손채림은 포기한다는 듯 고개를 절레절레 흔들었다.

"응? 뭐라고?"

노형진은 고개를 들었다.

"다 족칠 수도 없다고. 그렇게 물고 빨아 주는 놈들이 공격해 올 게 뻔하니 섣불리 움직일 수도 없잖아. 정치의 종교화라니, 그 말이 딱 맞네."

노형진은 멍하니 손채림을 바라보다가 자리에서 벌떡 일어났다.

"넌 진짜 천재야!"

"으응? 내가 천재라고? 뭐, 내가 똑똑하기는 하지만 족치라고 한 게 무슨……. 설마 너, 아니지?"

씨익 웃는 노형진.

"네 말대로 족쳐 보자. 뭐든 주춧돌이 사라지면 무너지는 법이지, 후후후."

"적 수뇌부를 제거할 겁니다."

노형진의 말에 송정한은 기겁했다.

"노 변호사, 오해한 것 같은데, 나는 싸움을 붙이자거나 암살하자는 게 아닐세. 내가 원하는 건⋯⋯."

"정치인들의 권력을 약화시키는 것이 목적이지요."

"그렇지."

"그래서 드린 말씀입니다."

물론 말도 안 되는 방법이라고 느껴지기는 한다.

하지만 저쪽도 말이 안 되는 상황이다.

말이 안 되는 상황을 말이 되는 방법으로 해결하는 데에는 한계가 있다.

"그 방법이 뭐라고 생각하시나요? 모든 국민들에 대한 교육? 아니면 사람들에 대한 계몽운동? 아니면 홍보? 솔직히 그렇게 해서 해결될 문제였다면 송 의원님이 그렇게 고민하시면서 저에게 말씀하실 리가 없지요. 안 그런가요?"

"그건 그렇지."

사실 그런 방법으로 해결될 문제였다면 벌써 오래전에 해결되었어야 했다.

교육은 불가능하고, 계몽이라는 건 기본적으로 상대방이 나보다 아는 게 없으니 알려 주고 이끌어 줘야 한다는 개념에서 시작되는 만큼 현대 민주주의에서는 어울리지 않는 의미다.

홍보는 말 그대로 홍보일 뿐이고.

논리적 설득도 안 먹히는 판국에 '우리 모두 생각을 해 봐요.'라고 홍보한다고 먹힐까?

"결과적으로 방관자적인 방식으로는 절대 해결이 안 된다는 게 제 생각입니다."

"하지만 그렇다고 제거를 한다니, 그건 너무 간 거 아닌가?"

"오해하셨군요. 뭐, 총격전을 벌이거나 킬러를 보내겠다는 게 아닙니다."

"그러면?"

"수뇌부 제거 작전을 쓰겠다는 거지요."

"그게 그 말 아닌가?"

"좀 다릅니다."

노형진은 자세를 바로 했다.

아무래도 이야기가 길어질 테니까.

"송 의원님 말씀대로 현재 한국의 가장 큰 문제는 바로 정치의 종교화입니다."

"그렇지."

"그걸 이끄는 이들은 끊임없이 종교화를 시도하고 파벌화를 한 후에 그걸 이용해서 막대한 이득을 얻고 있지요."

기부금에서부터 정치적 영향력 등등, 그러한 종교화를 이용해서 그들이 얻어 가는 것이 한두 가지가 아니다.

심지어 몇몇 교회들은 아예 정치 세력화해서 특정 집단 또는 특정인에 대해 강력한 지원을 한다.

"가령 누구한테 표를 주지 않는다면 내가 생명책에서 지워 버린다고 하는 사람도 있더군요."

"그렇지. 웃긴 일이지만, 그게 현실이지."

종교화된 정치가 정치화된 종교 지도자와 만나면서 생긴 일이다.

서로가 변하면 안 되는 건데 변해서 그렇게 된 것이다.

"그런데 채림이와 이야기해 보다가 그런 생각이 들었습니다, 종교전쟁은 끝내는 게 불가능하다고."

"그러면 지금 다시 정치화가 불가능하다고 말하는 겐가? 하지만 방금 자네가 작전 어쩌고 하지 않았나?"

"맞습니다. 그런데 이 부분이 달라지더군요."

"어떤 부분?"

"정치는 종교화되었지만, 종교는 아니라는 거죠."

"차이가 있나?"

"엄청나게 차이가 납니다."

한국은 헌법상 국교가 인정되지 않는다.

그 때문에 특정 종교를 국교로 한다는 건 불가능하다.

"일종의 편법으로 운영되고 있다는 거죠, 많은 사이비 종교가 공산주의를 편법으로 운영하고 있는 것처럼."

　사이비 종교들은 공동 생산 공동 운영이라는 가면을 쓰고 그 이권을 모조리 다 교주가 먹는다.

　가장 비슷한 운영 방식은 공산주의, 그것도 북한의 공산주의다.

　"즉, 종교가 아니기에 결국 그렇게 이끄는 놈들을 제거하면 그만이라는 겁니다. 사실 간단한 문제였죠. 미국이나 유럽 등 많은 나라들이 이슬람 무장 세력과 싸우고 있습니다. 그들이 애용하는 방법은 지도자들의 사살입니다."

　"노 변호사, 그게 쉬울 것 같나? 쉽지도 않거니와, 설사 제거한다고 해도 결국은 다른 사람이 그 자리를 차지하네. 그동안 암살된 테러 단체의 지도자가 어디 한둘인가? 하지만 언제나 다음 사람이 그들을 이끌었네. 끝도 없는 싸움이란 말일세."

　노형진 또한 그에 동의했다.

　"맞습니다. 당장 지도자 한둘 죽인다고 종교전쟁이 끝나지는 않죠."

　하지만 그는 단 한 가지 다른 게 있음을 알고 있었다.

　"그래서 드리는 말씀입니다. 정치는 종교화되었지만 종교처럼 굴러가지는 않습니다. 대중을 향해야 하니까요."

　"그게 무슨 말인가?"

"지도자를 잃은 이슬람 무장 세력을 다음 사람이 지배할 수 있는 이유는, 대중성이 없기 때문입니다."

극단적 세력을 지지 기반으로 하여 범죄 조직이 된 이슬람 무장 세력. 그들은 지도부가 숨어서 운영하고 언제나 전 세계의 눈을 피해서 다닌다.

"하지만 정치는 그게 안 되죠. 종교처럼 운영되고 있지만 종교가 아니니까요. 가령 송 의원님이 말씀하신 단체 중에 애국총동맹이라는 곳이 요즘 난리라고 하지요?"

"그러네. 말도 안 되는 주장으로 국민들을 속이고 있지."

홍안수는 구국의 영웅이며 나라를 구하려다가 빨갱이의 함정에 빠진 거라 주장하며, 그들은 홍안수의 석방과 대통령직으로의 복귀를 요구하고 있다.

"저도 그들에 대해 찾아보다 보니 재미있는 기록이 있더군요. 처음에는 군에 쿠데타를 요구했더라고요."

"그래. 하지만 국가 전복 혐의로 고발이 진행되고 나서 그 이야기는 쏙 빠졌지."

누군가는 시위를 하다 보면 격한 주장이 나올 수도 있는 거 아니냐고 할지도 모르지만 현실적으로 그건 국가 전복 행위가 맞다.

공개된 시위 현장에서 수십만을 모아 두고 한 말이기에 당연히 그건 문제가 된다.

"정치의 종교화, 정확하게는 국회의원이 국민들을 사병화

하는 것은 사실상 불가능합니다. 스스로 준비해야 할 일도 많고 그걸 국가에서 가만두지도 않으니까요."

"그렇지."

"그런데 그러한 시위를 하는 애국총동맹 같은 곳들의 문제가, 사실상 국회의원들의 신자나 사병으로 변질되었다는 점 아닙니까?"

"맞지. 바로 그게 그들의 근간이지."

일반적인 국민들은 선거에서 자신의 표로 국회의원을 심판하려고 한다.

그렇기에 고정된 지지자를 가지기보다는 상황에 따라, 또는 정책에 따라 움직인다.

"사실 국회의원들에게 있어 그러한 부동층은 선거에서나 중요할 뿐 평소에는 아닙니다."

부동층이 많을수록 국민들의 압력이 거세지지만, 현실적으로 한국의 부동층은 많지 않다.

정치에서는 국민 대비 지지자 비율 30퍼센트 정도, 절대 무너지지 않는 지지층이 존재한다.

이들을 '콘크리트층'이라 부른다.

"그런데 한국의 투표율을 보면 그런 콘크리트층만 잘 지켜도 이기거든요."

고정된 30% 정도의 지지층에 부동층 10% 정도만 추가돼도 사실 선거에서 이기기는 쉽다.

"그래서 정치인들이 종교화시키는 거구요."

아무리 노력해 봐야 10%의 부동층은 고정층으로 변하지 않는다.

그러니 차라리 30%의 고정층을 자신이 잡아 두는 게 유리하다고 생각하는 거다.

어차피 나머지 10%는 그때 가서 온갖 뻥으로 기득권을 보장하거나 공약을 내밀면 이쪽으로 넘어오니까.

"그런 콘크리트를 유지하는 놈들을 제거한다면 어떻겠습니까?"

"흐으음."

노형진의 말에 송정한이 진지한 표정으로 변했다.

그건 생각도 못 한 부분이었으니까.

"자세하게 말해 보겠나?"

"대부분의 사람들은 자신의 신념 또는 이권에 따라 방향을 고릅니다. 그게 바로 민주주의의 근간이지요."

"그거야 그렇지. 그건 가장 기본 아닌가?"

"그리고 그게 정치인들이 가장 싫어하는 부분이고요."

국민들이 멍청해지고 정치에 대해 알지 못하고 선동에 휩싸여서 자신들이 원하는 대로 흘러가기를 원하는 게 바로 국회의원들이다.

"하지만 국회의원들이 직접 선동하는 건 한계가 있지요."

일단 선동의 수위가 너무 높은 경우 이탈하는 사람들도 분명 있기 때문이다. 그러니 아주 높은 수위로 선동할 수는 없다.

"그걸 해 주는 게 바로 외부 단체들이지요. 말은 사회단체라고 합니다만 사실상 정치조직으로 운영하는 자들 말입니다."

"어, 이해가 가네. 그들이 권력의 핵심이지. 아, 맞아! 자네가 뭘 노리는지 알겠군!"

사실 국민들은 선거일이 되면 자신의 신념 또는 이득에 따라 투표한다.

하지만 일반적으로 특별한 사유가 없는 한, 방송이나 뉴스를 보면서 정치를 개떡같이 한다고 욕은 할지언정 직접적으로 움직이는 경우는 드물다.

"하지만 일부는 직접적으로 움직입니다. 사실 조폭처럼 움직이는 거죠. 아니, 종교화되었으니까 전사단 같은 느낌일까요?"

적대하는 대상을 특정하여 공격하며 온갖 혼란을 일으키고 자신들의 세를 유지하는 한편, 내부에 있는 사람들에 대한 세뇌와 선동을 담당한다.

의외로 그런 조직은 진보 보수 상관없이 양쪽 다 존재한다.

그리고 법률에 따라 그런 사회운동 조직에는 국가 보조금이 지급된다.

"문제는 그게 공정하지 않다는 거죠."

보수가 권력을 잡으면 보수 쪽으로, 진보가 권력을 잡으면 진보 쪽으로 그 돈이 쏠려 가는 경향은 아주 심하다.

"결국 세력 장난을 통해 그런 식으로 늘어난 자들의 극력 지지를 바탕으로 국회의원들이 헛소리할 권력이 보장되는 꼴입니다."

뭘 해도 자기를 찍어 주니까.

자신이 잘못해도, 그들이 자기를 보호해 주고 적을 공격해 주니까.

"으음…… 어그로다 이건가?"

"맞습니다. 아까 전에 애국총동맹이 홍안수를 풀어 주고 복권시키라고 시위한다고 하셨지요? 그들이 진짜로 홍안수를 풀어 주고 복권시킬 수 있다고 생각하십니까?"

노형진의 질문에 송정한은 단호하게 고개를 흔들었다.

그건 절대 불가능하다.

"그렇다면 그들은 왜 계속 그걸 주장하는 걸까요?"

"결집이군."

"맞습니다. 그들은 홍안수라는 희생양을 제물로 삼아서 자칭 보수 세력을 결집시키고 그 이득을 나누기 위해 저러는 겁니다."

한 명의 순교자가 있다면 세력을 모으는 건 어렵지 않다.

비슷한 파벌의 사람들이 모여서 움직일 테니까.

그리고 홍안수는 보수 쪽 입장에서는 무조건 피해자이자 순교자이다.

"그러니 그들은 홍안수를 무기 삼아서 휘두르는 겁니다. 그럼으로써 자신들의 세력을 결집시키기 위해서요."

"국민민주연합도 마찬가지인 것 같고."

"그건 또 뭡니까?"

"내가 이번 일을 생각하게 된 원인."

송정한의 말에 노형진은 쓰게 웃었다.

국민이니 민주니 하는 말을 들어 보니 이쪽 파벌인 게 분명한데, 송정한이 그들로 인해 국회의원의 힘이 약해지는 걸 원하게 되었다면 정상적인 조직은 아니라는 소리다.

"나중에 내가 자세하게 말해 주지. 어찌 되었건 자네 계획은 그들의 권력적 근간이 되는 외부 단체를 와해시키자 이거지?"

"유일한 방법입니다. 아시다시피 국회의원들은 법을 만드는 자들입니다. 그들이 원한다면 어떤 법이든 만들 수 있지요."

물론 헌법 소원 등을 통해 그 법을 무력화시킬 수는 있다.

하지만 그게 쉽지가 않다.

가령 모든 국회의원들에게 100억씩 주는 법을 만들었다고 치자. 그러면 그건 헌법 소원을 통해 무력화할 수 있다.

그런데 그 법을 헌법 소원이 무력화하는 데 못해도 3년에서 4년은 걸릴 것이다.

그사이에 국회의원들은 돈을 챙길 수 있다.

그게 끝이 아니다.

헌법 소원이라는 것은 각각의 법에 대응한다.

100억씩 돈을 주는 법이 무력화되면, 집을 주거나 차를 주거나 99억을 주는 식으로 얄팍하게 바꿔서 법을 새로 만들면 그만이다.

물론 그 또한 당연히 헌법재판소에서 무력화될 테지만, 차이점은 기존에 무력화된 법과 취지가 같기 때문에 좀 더 빠르게 재판이 진행된다는 정도이지 아예 만들고 시행하는 것 자체가 불가능한 것은 아니다.

법을 만드는 것은 국회의원의 책임이고 그걸 통제하는 건 헌법재판소의 책임이다.

비슷한 법을 만드는 것을 막는 법은 없으니 결국 국회의원 마음이라는 거다.

물론 이건 극단적인 예시이고, 그런 미친 짓을 할 국회의원은 없지만 말이다.

"그러한 외부 세력은 현실적으로 다선과 초선의 파워를 나누는 원인이 되기도 하고요."

"나쁘지 않은 생각이군."

송정한도 정치인으로서 피치 못하게 그런 자들과 엮일 수밖에 없다.

그리고 그들이 그러한 강력한 힘을 바탕으로 얼마나 분탕질을 치는지도 안다.

사실상 좋게 말해서 사회단체인 거지, 나쁘게 말하면 중간에서 돈을 받아 가면서 로비스트로 일하는 놈들도 어마어마하게 많다.

"그들만 사라져도 정치의 종교화는 많이 약해질 겁니다."

"그것만 해도 어디인가? 수십 년 동안 계속되어 온 종교화 시도가 그렇게 한순간에 사라질 리가 없지."

하지만 미래를 위해서는 그들이 사라져야 한다는 것에 송정한은 동의하며 고개를 끄덕거렸다.

"그래, 구체적인 방법은 있나?"

"있습니다."

노형진은 자신감이 넘치는 얼굴로 말했다.

정치와 종교의 차이

　대한민국의 거대한 정치 지도를 완벽하게 바꾸는 것이 이번 계획의 목표다.

　당연히 이번 일을 위해 해야 할 것도 많았다.

　"사회운동이라는 게 확실히 복잡하기는 하지."

　김성식은 고개를 끄덕거리며 말했다.

　계획을 듣기 위해 모인 많은 사람들.

　그들은 노형진의 핵심 세력이자 새론의 핵심 세력이었다.

　"그동안 우리가 한국을 바꾸기 위해 많은 노력을 했지요. 어떻게 보면 이 모든 게 그 마지막 싸움이 될지도 모르겠네요."

　노형진은 김성식에게 말하면서도 감개무량하다는 생각이 들었다.

사람들이 선동에서 벗어나 스스로 생각하고 스스로 정치를 판단하게 되면 그때부터는 자신이 할 일은 없다고 생각했으니까.

"하지만 그게 쉬울까?"

"일단 시도는 해 봐야지요."

그렇게 말하고는 회의실에 미리 준비된 단상으로 올라가는 노형진.

"길게 이야기하지는 않겠습니다. 그런다고 해서 바뀌는 게 아니니까. 사전에 이야기했던 대로, 종교화되어 버린 정치를 정상으로 돌리는 것이 지금 우리의 목적입니다. 동시에 그걸 통해 국회의원들의 힘을 빼는 것이 목적이고요. 그리고 그걸 위한 방법을 찾았습니다. 정확하게는, 그 종교화를 이끄는 두 집단을 찾은 거죠. 하나는 애국총동맹, 다른 하나는 국민민주연합."

"호드와 얼라이언스여?"

이번 계획에 참여하게 된 스타 검사들.

그들을 털어 내기 위해서는 검사의 힘이 필요하기 때문에 이번에는 대대적으로 그들이 함께하기로 했다.

물론 합법적인 영역 내였지만.

그리고 그들과 함께 있던 오광훈은 눈치도 살피지 않고 당당하게 헛소리를 뱉었다.

"호드? 얼라이언스?"

"아, 그거 있잖어. 너희는 아직 준비가 안 되었다!"

"에이, 대표 대사는 그게 아니지. 왕위를 계승하는 중입니다, 아버지. 이게 간지지!"

"뭘 준비하고, 뭘 계승해?"

노형진은 지금 검사들의 대화가 이해가 가지 않았다.

물론 그 대화에 끼어든 건 검사뿐만이 아니었다.

"역시 대세는 호드지."

"뭔 소리야? 명예도 모르는 호드를 누가 쳐줘?"

"뭐야? 어디 얼라 찌끄래기가."

"쌈질이 명예인 줄 아는 호드 새끼가 무슨! 우린 변호사야! 법과 규칙 그리고 질서가 우선이지!"

"얼라는 그래서 뒤통수 까냐?"

"통수는 호드가 깠지 얼라가 깠냐? 선빵 한 것도 호드고 침략한 것도 호드고 통수에 칼질한 것도 호드여."

"얼라가 찌질하게 끌려다니니까 그렇지."

"호드 만세!"

"얼라이언스여, 영원하라!"

노형진은 변호사들과 검사들을 보면서 한숨을 푹 쉬었다.

자신이 해 보지는 않았지만 이쯤 되면 이들이 이야기하는 게 게임이라는 건 알 수 있었으니까.

"호드고 얼라고, 일단 감봉부터 할까요?"

그러자 사람들은 삽시간에 조용해졌다.

"현질하려면 돈이 먼저지."

"응, 자본주의 만세."

"자본주의 만세라면 역시 고블린이……."

오광훈이 계속 헛소리하려다가 옆에서 쿡 찌르는 바람에 입을 다물었다.

"호드고 얼라고, 중요한 건 우리가 할 일입니다."

"응응."

"일단 애국총동맹. 이쪽에 대해서는 잘 아실 테고."

방송에 하루가 멀다 하고 나와서 행패를 부리고 있으니 당연히 모를 수가 없다.

"하나는 국민민주연합입니다."

조용히 듣고 있던 고연미가 손을 번쩍 들었다.

"거기는 처음 들어 보는데요. 노 변호사님이 그들을 지정한 걸 보면 최소한 애국총동맹과 비등할 정도의 영향력을 가지고 있는 조직이라는 소린데, 왜 처음 듣지요?"

"아무리 지금 민주 계열이 유리한 상황이라지만 그런 단체는 들어 본 적이 없는데요."

아무래도 극렬히 활동하면 사람들 귀에 잘 들어올 수밖에 없다.

그런데 지금 상황은 보수 계열이 극렬히 활동할 수밖에 없는 시기다.

그래서 애국총동맹이 더 알려질 수밖에 없었고, 다들 국민민주연합이라는 곳은 처음 들어 본 듯했다.

"새로 생긴 단체입니다. 웃기지만 이 국민민주연합이 송정한 의원님께서 종교적 정치를 없애야겠다고 생각하게 된 계기를 준 곳이지요."

"그게 무슨 말이지요?"

고연미가 고개를 갸웃하자 옆에서 조용히 듣고 있던 김성식이 먼저 입을 열었다.

그는 게임에 대해서는 모르지만 현실에 대해서는 아니까.

"결국 정치의 가장 큰 문제라는 거지."

"정치의 가장 큰 문제요?"

"보수는 부패로 망하고 진보는 분열로 망한다. 한국에서 통용되는 진리야."

당장 애국총동맹의 경우는 누가 봐도 부패 세력이다.

내부의 정보에 따르면 그렇게 매주 동원되는 수만에서 수십만 명의 사람들에게 돈을 준다는 이야기도 있다.

"자칭 보수 세력이 은닉해 둔 돈이 어마어마하다는 건 그다지 비밀도 아닙니다."

오죽하면 한국에서 60% 이상의 5만 원권이 사라졌다고 이야기할까?

그만큼 쟁여 두고 풀지 않는 게 많다는 소리다.

"현대 경제가 카드 사용으로 많이 바뀌어서 그렇지, 확실히 통화의 양은 엄청 부족해졌지."

현실적으로 카드 사용이 늘어나면 통화가 줄어야 하는데 실제로는 그다지 변하지 않았다.

"그러면 국민민주연합은 대체 뭔가요? 그래도 민주 계열 같은데 그들 때문에 송 의원님이 그렇게 결심한다는 게 이해가 안 가는데요."

"연합이라는 말이 들어간 걸 보니 아마도…… 민주화 운동 하는 단체들의 집단 맞지?"

김성식의 말에 노형진은 고개를 끄덕거렸다.

"맞습니다."

"역시 그렇군. 간단하게 설명하지. 한국의 민주 계열 운동 단체들은 멀쩡한 게 거의 없네. 애석하게도 말이지."

민주화 운동을 한다는 것은 기본적으로 독재에 저항하고 국민들의 선택을 우선시한다는 걸 의미한다.

"하지만 대부분의 민주 단체란 놈들은 그렇게 활동하지 않아."

독재 정부나 공격적인 정부가 있을 때는 조용히 입 닥치고 있다가, 민주 계열 정권이 들어오면 거기에 달라붙어서 온갖 이권을 내놓으라고 한다.

"당장 홍안수 문제를 보지. 홍안수가 사실상 쿠데타를 일으키고 온갖 패악질을 할 때 저항한 민주 계열 단체가 있나?"

"으음?"

저항이라고 해서 꼭 총 들고 싸우는 것만 의미하는 게 아니다.

잘못된 걸 잘못되었다고 하는 게 바로 저항이다.

"쿠데타 당시에 민주 계열 인사들 중에서 그 쿠데타에 대해 반대 성명을 내거나 계엄령을 풀라고 한 사람들이 있었나?"

"극히 일부네요."

없지는 않다.

물론 그들은 그 발표를 하고 나서 바로 계엄령 위반으로 감옥으로 끌려갔다.

"그래. 명목상으로는 존재하지만 결국 대부분이 이권 단체일 뿐인 거지."

김성식은 피식 웃으며 말했다.

"툭 까고 말해서 많은 민주 계열 운동가들이 진짜 민주주의를 위해 투신하는 게 아니라 그냥 이권 챙기고 싶은데 보수 계열이 워낙 공고해서 들어가질 못하니 이쪽으로 넘어온 타입들이야. 그들은 말로만 민주주의를 이야기하지. 얼마 전에 소문나지 않았나, 군소 정당 하나가 비정규직을 차별하던 거."

더 웃긴 건 그 정당이 평소 비정규직 철폐를 요구하면서 시위하고 선동하던 곳이었다는 것이다.

그래 놓고는 자신들은 비정규직을 운영하면서 그 월급마저도 제대로 안 주다가 걸렸던 것.

"지금은 민주당 계열이 권력을 잡은 상황이지. 그리고 대대적인 청소가 이루어지고 있고. 아마도 이 권력은 최소 10년은 갈 거야. 그런데 말이지, 이렇게 진보 계열이 승리하는 데

도움을 주지 못한 민주 계열도, 그 과실은 나눠 먹고 싶거든."

문제는 그럴 이유가 없다는 거다.

진짜 피를 흘린 사람 우선으로 뭐든 굴러갈 테니까.

"설마?"

"설마가 맞아. 조건이 안 된다면 압력이지."

그들이 모여서 하나의 세력을 만들고 그 세력으로 당에 압력을 넣음으로써 자리를 내놓으라고 일종의 공갈을 치는 것이다.

"선거가 끝나면 거의 100% 벌어지는 일이지. 좋게 말하면 빚잔치인 건데, 문제는 혼란스러운 와중에 빚도 없는 놈들까지 들이미는 거지."

자기들이 세력이 크니까 자리를 달라고 협박하는 거다.

당연히 그들이 요구한 자리를 만들어 주기 위해서는 진짜 민주주의에 헌신한 사람들을 쫓아내야 한다.

그리고 그 모든 자리를 다 빼앗아도 저들의 욕심은 끝나지 않는다.

"그런데 그들과 종교화가 무슨 관계죠?"

"그들은 한 게 없네. 사실 실적이나 활동을 보면 확 티가 나지. 만일 정상적인 사람이라면 말도 안 되는 소리라고 할 거야."

민주주의를 위해 아무것도 하지 않은 주제에 권력만 누리겠다는데 그게 좋게 보이겠는가?

"그러면 다른 방식으로 자기들을 포장해야 하지. 실적이 아니라 다른 방식. 그게 뭐겠나?"

"종교 집단화군요."

"맞아."

종교 집단처럼 운영하면서 '우리는 같은 종교 집단이니 당연히 우리에게도 자리를 줘야 한다.'라고 주장하는 거다.

"종교 집단에 실적을 요구하는 사람은 없지 않나?"

종교는 말 그대로 종교일 뿐이다.

누구도 종교 단체에 자선 활동을 얼마나 했느냐고 따지고 들지는 않는다.

"민주주의는 신성한 것이다, 그리고 우리는 민주주의 세력이다, 그러니 우리에게 권력을 줘야 한다."

완전 엉터리 삼단논법이다.

그들에게 민주주의란 그저 허울일 뿐.

"김 대표님이 다 설명해 주신 덕에 추가로 제가 설명할 것은 없네요."

노형진은 어깨를 으쓱하며 말했다.

"그러니 이번에는 양쪽 모두를 대상으로 싸워야 합니다."

"이제는 대한민국 전부를 적으로 돌리는구만. 역시 노형진이 클래스 어디 안 가지."

빈정거리는 듯했지만, 오광훈의 얼굴에는 약간의 기대감이 어려 있었다.

그는 자신이 조폭이었던 시절을 기억하고 있다.

남을 갈취하고 뜯어먹는 조폭이던 시절 그를 고민하게 한 것 중 하나가, '만일 조금만 더 정상적으로 살아갈 수 있게 해 주는 사회였다면 내가 과연 조폭이 되었을까?'였다.

그 때문에 노형진이 하나씩 세상을 고쳐 갈 때마다 조금씩 나아지는 세상에 기대하게 되고, 또 앞으로 그런 세상을 살아갈 사람들이 부러워지기도 했다.

"그러면 우리가 할 일은 그들에 대한 조사겠군요."

조용히 듣고 있던 홍보석은 노형진이 자신들에게 시킬 게 뭔지 알고는 고개를 끄덕거리며 말했다.

그들을 제거한다고 말은 했지만 그들을 진짜 암살할 수는 없는 노릇.

"맞습니다. 아마도 본격적으로 털기 시작하면 한두 가지가 아닐 겁니다. 그동안 검찰 내부에서 필사적으로 해당 관련자들의 정보를 덮고 있었을 테니까요."

"기분이 묘하군."

노형진의 말에 김성식은 묘한 표정으로 말했다.

"자네가 하고자 하는 계획은 결과적으로 홍안수가 자네에게 쓰려고 했던 방법 아닌가?"

"맞습니다."

"그런데 그걸 쓴다고?"

"잘못될 게 있나요? 저는 없는 죄를 만들어 내자는 게 아닙니다. 만일 그들이 정당하게 합법적으로 활동한다면 전혀 문제가 되지 않습니다만, 현실적으로 그렇지 않지요."

"합법적이라……."

노형진의 말에 김성식이 피식 웃었다.

"한국에서 정치 활동을 합법적으로 할 수 있다고 하면 지나가던 개가 웃을 걸세."

당장 법적으로 가족과 친인척 또는 선거 당사자에 대한 흑색선전은 금지되어 있지만 그걸 지키는 사람들은 많지 않다.

"그렇다고 해서 우리가 보복을 하는 건 아니지 않습니까?"

없는 죄를 만들어서 뒤집어씌우는 게 아니다.

그들이 저질렀던 범죄를 그대로 공개하고 제대로 처벌받게 만들려는 것이다.

"그거야 뭐 당연하다면 당연한 건데, 거기에서 우리가 끼어들 게 있나?"

그건 전적으로 검찰의 영역이다.

검찰에서 조사해서 정리하기 시작하면 변호사인 새론에서 나설 일은 없다.

"우리가 나설 일은 그 이후입니다. 그들은 정치를 하나의 종교로 만들었습니다. 그렇다면 이다음의 반응은 뻔하지 않습니까?"

"흠, 정치 보복으로 몰아가겠군."

자신들의 잘못에 대한 반성? 후회? 참회?

그런 건 없다.

그들은 오로지 자신들의 이권이 우선이니 그걸 지키기 위해 뭐든 할 것이다.

"답은 뻔하죠. 자신을 우상으로 숭배하는 자들에게 총동원령을 내리겠죠."

지금도 그들은 홍안수를 풀어 주기 위한 노력을 계속하고 있다.

그가 스파이였고 국가 전복 세력이었다는 사실은 그들에게 중요한 게 아니었다.

"중요한 건 홍안수라는 일종의 구심점이야. 그가 정치적 피해자이고 종교적으로 보면 순교했다고 주장하면, 그걸 중심으로 지지 세력이 모일 테니까."

김성식은 지긋지긋하다는 표정이었다.

하긴, 그도 검사로 있으면서 온갖 더러운 꼴은 다 봤을 테니까.

특히 정치적인 부분은 아주 심각하게 더러웠다는 걸, 그는 선명하게 기억하고 있었다.

"저들이 권력을 잡으면 홍안수를 꺼내 줄 것 같지? 절대 그러지 않을 거라네."

홍안수를 희생양으로 내밀고 그 대가로 자신들이 종교적 지도자 위치를 차지하려고 하는 것이다.

"저도 동의합니다. 절대 꺼내 주지 않을 겁니다. 뻔하지요. 꺼내 주고 싶지만 국민의 여론이 어쩌고 하겠지요."

"그걸 어떻게 아나?"

"비슷한 경우를 봤거든요."

노형진은 피식 웃으며 말했다.

'회귀 전이지만.'

사실 회귀 전에도 대통령이 감옥에 간 경우는 많았다.

그리고 그런 대통령을 풀어 주라고 시위하거나 그걸 위한 모금을 하는 경우는 많았다.

많은 정도가 아니라 그렇게 수십억, 수백억이 모였다.

'하지만 정작 그들에게는 그 후원금이 가지 않았다.'

상식적으로 그렇게 모인 돈이라면 대통령의 변호사비로 사용되거나 하다못해 개인적인 용돈으로라도 줘야 한다.

하지만 그렇게 모금한 돈을 대통령에게 줬다고 인증한 놈들은 단 하나도 없었다.

심지어 대통령이 그렇게 감옥에서 허송세월 보내고 있는데 제대로 면회 가는 사람조차도 별로 없었다.

부자들이 집사, 변호사를 고용해 가면서 자신의 심심함을 달래는 걸 생각하면 참 웃긴 일이다.

"뭐 그건 그들 문제고, 중요한 건 그들의 움직임입니다."

노형진은 진지하게 말했다.

"총동원령이 내려지면 분명 금전 관계가 나옵니다."

그럴 수밖에 없다.

지금도 돈을 쥐 가면서 그렇게 시위하는 걸 뻔하게 알고
있으니까.

"그걸 우리가 고소와 고발을 하면 됩니다."

"일단 그건 애국총동맹에 대한 방침이 되겠군."

"급한 건 그쪽이니까요."

국민민주연합은 자리를 내놓으라고 지랄하는 거지 국민들
에게 피해를 주는 것은 아니다.

하지만 지금 애국총동맹은 국민들에게 피해를 주는 상황
이다.

시위하는 건 좋은데 그걸 핑계로 주변에 주는 피해가 아주
극심하다.

주변 상인들은 사실상 상권이 몰락했다고 비명을 지르는
판국이었다.

그들이 거기서 뭘 사 먹는 것도 아닌데 주변을 봉쇄하고
화장실 좀 쓰겠다고 화장실을 거의 전세를 내서, 일반 손님
이 못 오기 때문이다.

그런데 그렇다고 막으면 빨갱이라고 욕한다.

"주민들 피해가 심각하니까요."

"그래, 급한 불부터 끄지."

"그리고 국민민주연합은 사전 작업이 좀 필요합니다. 그
들은 아무래도 저지른 범죄가 적을 수밖에 없으니까요."

그들이 착해서는 아니다.

보수 정권하에서 책잡히면 박살이 나는 상황이었기 때문에 강제로 착해진 거다.

"알겠네. 그러면 이제부터 본격적으로 시작하지."

⚖

다음 날부터 검찰에서는 본격적으로 애국총동맹의 지도자들에 대한 수사를 시작했다.

물론 그 시작이 쉬운 건 아니었지만 그렇다고 해서 어려운 일도 아니었다.

노형진의 말대로 기존 검찰에서 은닉한 사건이 한두 개도 아니었고, 정보길드에서도 적극적으로 현상금을 내걸기 시작했으니까.

"이거 어떻게 된 거야? 어? 지금 상황이 어떻게 되어 가는 거냐고! 이거 무마되었다면서? 이거 끝났다면서!"

주도덕은 흥분해서 길길이 날뛰고 있었다.

그럴 수밖에 없는 게, 자신이 한 횡령에 대해 그 당시에 검찰에서는 잘 무마되었으니 걱정하지 말라고 했다.

그런데 갑자기 재수사가 들어간다는 사실이 알려진 것이다.

"새론의 스타 검사를 기반으로 우리 세력 쪽에 대한 공격이 시작되었답니다."

"스타 검사들? 그 새끼들이 왜? 그 새끼들은 공안도 아니잖아! 고작 잡범이나 잡는 놈들이 왜?"

"형님, 형님 사건은 정치 사건이 아닙니다."

"뭔 개소리야?"

"그게…… 변호사가 그 오광훈인지 나발인지 하는 놈을 찾아갔는데 그랬답니다."

정치적 탄압이 아니냐고 묻는 변호사에게 오광훈은 주도덕이 어디 정치인이냐고 물었다.

당연히 변호사는 자유신민당의 정치인이라고 대답했고, 그러면 당적을 가지고 오라는 소리를 들었단다.

"그런데 형님이…… 그, 당적이 없으시지 않습니까?"

정확하게 표현하자면 그는 당 내부에서 감투를 뒤집어쓴 게 아니라 외부에서 활동하는 사회운동가일 뿐이다.

당적이라는 건 당에 소속된 것을 의미하는데, 웃긴 일이지만 그걸 유지하기 위해서는 후원금을 일정액 내야 한다.

물론 주도덕이 내고 있기는 하지만 고작해야 만 원선이고, 그걸 낸다고 정치인이라고 볼 수는 없다.

"그게 무슨 소리야! 내가 자유신민당하고 얼마나 오래 일했는지 알아?"

"그게 말입니다, 형님. 그건 그냥 사회운동가로서 활동한 거지 자유신민당 소속으로 활동하는 정치인은 아니니까 그냥 입 닥치라고……."

"뭐?"

"그런데 그게 또 틀린 말도 아니고……."

정치란 무엇인가?

그건 본질적인 질문이라 대답하기 힘들 수도 있다.

그렇다면 정치인이란 무엇인가?

그것도 복잡하기는 마찬가지.

하지만 법률적 기준에서 본다면 국가공무원법상 정무직공무원을 정치인으로 분류하며, 좀 사회적으로 넓게 본다면 정당인도 정치인으로 분류된다.

하지만 현실적으로 사회운동가는 정치인으로 보기에는 애매한 입장이다.

일단 사회운동이라는 게 말 그대로 사회 전반의 문제에 대한 이야기를 하는 거지 특정 정당에 대한 지지를 말하는 것은 아니기 때문이다.

"정치인도 아닌 사람에게 무슨 정치 보복이냐는데 뭐라고 합니까? 거기다가 진짜 국회의원처럼 무슨 법률적으로 자리 보전해 주는 것도 아니고, 죄가 있으면 당연히 그 벌을 받으라는데……."

당연한 말이기에 대꾸조차도 못 했다.

죄가 없다고 하기에는 자신들이 벌인 일이 너무 많다.

"어떻게 해서든 막아 봐! 다른 의원들에게도 이야기해 보고!"

주도덕은 똥줄이 바짝바짝 타기 시작하는 느낌이었다.

⚖️

"아이고, 박 의원님! 여기를 어쩐 일로?"

자신을 찾아온 자유신민당의 박광두 의원을 반기는 오광훈.

그의 얼굴에는 미소가 가득했지만, 박광두 의원은 웃을 수가 없었다.

"오 검사, 이건 뭡니까?"

아주 당연하다는 듯 앞에 놓여 있는 녹음기.

이건 대놓고 감추지도 않겠다는 의미다.

"이거요? 녹음기입니다만."

"그걸 왜 들이미는 겁니까?"

"요즘 수사 압력이 많이 들어와서요. 죽어도 혼자는 못 돼지겠더라고요."

"지금 장난합니까?"

"에이, 장난이라니요. 진짜입니다. 물론 우리 박광두 의원님이 압력을 행사하지는 않으실 거라는 건 압니다만."

너무나 뻔한 말을 하는 오광훈을 보고 있자니 박광두는 속이 뒤집어지는 느낌이었다.

"하지만 요즘 내가 누군지 아느냐고 물어보시는 분들이 많더라고요."

어깨를 으쓱하는 오광훈.

"그런데 누구시냐고 물어보면 또 말을 안 해요. 다짜고짜 전화해서 내가 누구인 줄 아냐고 물어보면서 지랄하면 저보고 대체 어쩌라는 건지."

천연덕스러운 말이었지만 압력을 행사하러 온 박광두는 입술이 바짝바짝 말랐다.

'돌아 버리겠네.'

정치라는 것은 일종의 분위기 싸움이다.

정치적으로 본다면 사람들은 사표라는 것을 싫어한다.

이게 무슨 소리냐면 자신의 표가 죽은 표, 즉 패배한 쪽에 들어가는 걸 싫어한다는 거다.

그래서 선거철이 되면 양쪽 모두 자기들이 유리하다고 기를 쓰고 주장하는 거고.

그리고 민간 운동 단체들은 그런 분위기를 이끌어 가는 가장 중요한 요소들이다.

그런데 그들이 다 망하게 생겼다.

그래서 그걸 해결하려고 왔는데 다짜고짜 들이미는 게 녹음기다.

"도대체 이러는 이유가 뭡니까?"

"뭘 말입니까? 제가 수사하는 거 말입니까?"

"아니, 그게 아니라……."

대놓고 압력을 행사할 수는 없었던 박광두는 슬쩍 말을 돌렸다.

"이렇게 찾아온 손님들에게 녹음기를 들이대는 이유 말입니다.”

“저도 스스로를 지켜야 하지 않겠습니까? 사실 아시겠지만 지금 저희 검찰과 국회의 사이가 안 좋은 것도 사실이고.”

하루가 멀다 하고 계속 탄핵안이 올라가고 있는 상황.

검사와 판사 중에는 감옥에 가기 싫다고 유서를 쓰고 결국 자살하는 인간까지 생겼다.

만일 감옥에 들어갔을 때 검사나 판사라는 게 밝혀지면 무슨 꼴을 당하게 될지 너무나 뻔했으니까.

“요즘 함정을 파는 국회의원들이 너무 많아서요.”

‘큭.’

박광두는 아차 싶었다.

자폭도 이런 자폭이 없었다.

‘망할.’

현재 권력을 가진 것은 자유신민당이 아니라 민주수호당이다.

당연히 민주수호당의 주요 공격 대상은 자유신민당 쪽 검사나 판사였고, 자유신민당 또한 그에 대해 반격하기 위해 몇 번 이런 함정을 판 적이 있었다.

무슨 말을 하든 일단 녹음하고 그걸 절묘하게 짜깁기해서 그들이 청탁을 받고 있다는 식으로 몰고 간 것이다.

“그런 걸 막기 위해 검찰 내부에서도 이런 계획을 내놓은 겁니다. 비공식적인 만남의 경우는 무조건 녹음이 진행될 겁니다."

물론 그렇게 하자고 한 건 스타 검사들이었지만, 안 그래도 머리가 아프던 검찰 입장에서는 받아들일 수밖에 없었다.

검사가 죄다 잘려 나가서 제대로 일을 할 수가 없는 지경이었으니까.

"그렇군요."

"그게 궁금해서 오신 겁니까?"

"아…… 그렇습니다. 그냥……."

녹음기가 코앞에 있는데 거기다 대고 정치적 압력을 행사할 정신 나간 놈들은 없었다.

때마침 들어오는 직원.

"검사님, 전화번호 추적이 끝났습니다만. 아, 손님이 계셨습니까?"

"괜찮아요. 우리 박 의원님은 그런 분 아닙니다. 그러니까 말해도 됩니다. 정보 누설하고 그럴 분 아니니까."

"네."

직원은 고개를 끄덕거리면서 안으로 들어오더니 천연덕스럽게 이어 말했다.

"지난번에 우리 쪽에 전화한 사람 말입니다. 알아보니 핸드폰 번호가 궉채반 의원 보좌관이네요."

"궉채반? 전화가 온 게 한두 개가 아니라서."

"그, 있지 않습니까? '우리가 누군지 아느냐. 당상 수사 멈

추지 않으면 인생 종 치게 만들어 주겠다. 세상 무서운 줄 모르고 까불다가 뒈지는 수가 있다.' 뭐 이런 식으로 이야기한 놈요."

"아! 그놈! 그 말 하고 끊어 버리기에 난 뭐 대단한 놈인 줄 알았는데 고작 보좌관이야?"

오광훈은 짜증스럽게 말하다가 시선을 돌렸다.

그리고 어색하게 있는 박광두를 바라보며 물었다.

"그러고 보니 궉채반 의원하고 같은 당이시죠?"

"그렇소만."

"혹시 이거 궉채반 의원이 시켰을까요?"

"아니, 그럴 리가 없지. 궉채반 의원은 정의로운 사람이오."

"역시 그렇군요."

고개를 끄덕거린 오광훈은 직원에게 말했다.

"그 새끼 단독 범행인 것 같으니까 구속영장 청구하고 지금 바로 가서 긴급체포 해 와."

"알겠습니다."

박광두 의원은 불편한 얼굴이 되었다.

"나는 이만 가 봐야겠군요."

"아, 죄송합니다. 제가 요즘 바빠서요. 배웅은 못 나갑니다."

"필요 없소."

박광두가 나가자 밖으로 나갔던 직원이 안으로 다시 들어와서 물었다.

"먹혔을까요?"

"먹혔겠지. 눈앞에서 체포해 오라고 했는데 가서 안 떠들겠어?"

정치적 압력은 예상하고 있었던 거다.

문제는 그걸 어떻게 막을 것이냐는 것이다.

"우리가 조사하지 않는다면 모를까, 조사한다면 당연히 입 다물고 있겠지."

더군다나 자신의 눈앞에서 본 만큼 이번 사건에 대해 당 내부에서 자기들끼리 떠들 게 분명하다.

"정치인은 아니란 말이지."

노형진이 말한 것. 그건 그렇게 외부에서 활동하는 놈들이 정치인이 아니라는 거다.

누군가 정치 보복이라고 하면 그 부분만 정확하게 지적해 주면 된다는 것.

"그나저나 그 보좌관, 어떻게 할까요?"

"어떻게 하긴, 당연히 잡아 와야지. 말뿐만 아니라 행동으로도 보여 줘야지."

사법부에 대한 살인 사건 이후에 재판부는 검사나 판사에 대한 협박에 대해서는 최소한의 자비도 없었다.

그건 오광훈도 마찬가지.

최고 형량을 청구할 테고, 아마도 특별한 문제가 없는 한 재판부에서도 인정될 것이다.

"우리 보좌관님 면상을 좀 봐야겠네, 흐흐흐."

오광훈은 피식 웃으며 말했다.

⚖️

국회의원이 되면 국회의원 배지를 받는다.

그걸 농담 삼아서 절대 배지라고 하는 경우가 있다.

그만큼 강력한 권력을 가지고 있기 때문이다.

하지만 그 배지가 진짜 절대 권력은 아니다.

절대반지가 용암에 부서졌듯이, 그 배지도 선거법 위반이라는 죄목으로 부서질 수 있기 때문이다.

국회의원은 선거법상 벌금 100만 원 이상의 형이 떨어지면 당선무효가 결정된다.

"하지만 그거, 지금 와서는 거의 소용이 없지 않나? 현실적으로 말일세, 대부분의 사람들이 거기에 대해 항소하네. 재판에서 시간을 끌면 몇 년은 걸리고, 대법원까지 가면 그보다 더 어마어마한 시간이 걸려. 선거 초반이라면 모를까, 이미 상당한 시간이 지난 지금에 와서는 현실적으로 국회의원 자격이 박탈되지는 않을 거야. 설사 재판을 한다고 해도 보통은 다음 선거가 끝난 후에 상황을 봐서 발표하지."

송정한은 노형진의 말에 부정적이었다.

자신이 판사였고 또 변호사였으며 현직 국회의원이다.

그들의 계획을 모를 리가 없다.

노형진은 고개를 끄덕거렸다.

분명 그래 왔으니까.

"그래서 저는 방법을 좀 바꾸라고 했습니다. 그들을 쫓아내는 게 아니라, 돌아가지 못하게 하는 게 제 계획입니다."

"계획이라고 하면?"

"피선거권 박탈이 목적입니다."

"뭐?"

"선거는 결국 지역구 싸움이지요. 물론 비례라는 게 있지만 지역구에 비하면 그 숫자는 적으니, 지역구만 없다면 상당히 파워가 줄어드니까요."

노형진은 싱글거리며 웃었다.

"피선거권 박탈이 만일 선거기간 중에 확정되면 어떻게 될 것 같습니까?"

"뭐?"

"사실 그 시기에는 판결을 잘 안 하지만, 현실적으로 그 시기에 판결하지 말라는 법은 없습니다."

"그게 무슨…… 허, 그렇게 되면 난리가 나겠군."

지역구 싸움은 사실 오래전부터 준비된다.

새로운 도전자도, 기존의 국회의원도 못해도 1년 전부터 선거 준비에 들어간다.

"만일 선거 직전에 그게 발표된다면 어떻게 될까요?"

"난리가 나겠군."

지역구의 선거 전략은 모두 그 지역의 출마자 위주로 짜인다.

쉽게 말해서 공천된 게 누구냐에 따라 달라지는 것이다.

"그런데 선거 직전에 공천된 사람의 피선거권을 박탈한다면요?"

"선거 전략이 어그러지겠지."

당연히 그 지역은 통째로 빼앗길 가능성이 커진다.

물론 지역 특색에 따라 특정 당 출신만 뽑아 주는 곳도 있다지만 그렇지 않은 지역은 전부를 잃어버리게 된다.

"기존 재판부에서 선거가 끝나고 나서 발표한 건, 누가 이겼느냐에 따라 권력에 줄을 서기 위해서입니다. 하지만 이제 재판부에서 그럴 일은 없지요."

그럴 만한 놈들은 죄다 탄핵되었으니까.

"사건의 해결에 들어가는 시간은 사실 뻔합니다."

법적으로 해결 시간이 정해져 있으니까.

그걸 해결하지 못하는 경우는 두 가지뿐이다.

하나는 은폐하는 것. 다른 하나는 대상이 도주하거나 하는 것.

"하지만 이건 도주나 은폐가 불가능하지요."

"확실히 그렇군. 전략적으로 보면 그게 맞는 선택이겠어."

임기 중간에 날려 버리면 보궐선거를 통해 다시 권력을 잡을 수 있는 기회가 있다.

하지만 임기 말 선거 직전에 날려 버리면 그들의 선거 전략은 혼란스러워질 수밖에 없고, 심지어 그 빈자리에 누군가를 다시 공천해야 하니 그 혼란은 극심할 수밖에 없다.

당연히 그 기회를 잡기 위해 내부에서는 파벌별로 싸울 테고 선거에서 서로를 돕지 않게 될 것이다.

"그러면 결국 공천 과정에서 걸러 낼 수밖에 없습니다."

이 부분이 애매해진다.

공천 과정에서 수사 중인 대상을 걸러 내지 않으면, 재수 없으면 선거 전략 자체가 초토화될 수밖에 없다.

"하지만 저쪽도 항소하면서 시간을 끌 텐데?"

"그걸 감안해서 짠 계획입니다. 지금 상태에서 수사가 진행되면 그때쯤 대법원 판결이 나올 테니까요."

물론 약간의 오차는 있을 수 있다.

하지만 어느 쪽이든 부패한 정치인에게는 부담스러울 수밖에 없다.

"그다음을 위해 송 의원님이 새로운 법을 발의해 주셔야 합니다."

"새로운 법?"

"선거에 관련된 감시에 관한 법이지요."

"이해가 안 가네만?"

"지금 선거관리위원회가 중립은 아니지 않습니까?"

"그건 그렇지."

웃긴 일이지만 선관위의 사람들은 대부분 극우로 분류된다.

지난 정권에서 그런 사람들만 꽂아 놨기 때문이다.

문제는, 그들은 공무원이라 무조건 자를 수는 없다는 거다.

홍안수야 눈도 깜짝하지 않고 잘랐다지만 새로운 정권은 이전 정권과의 차별화를 위해서라도 그들을 그대로 둘 수밖에 없었다.

"선거가 시작되면 선관위는 사람을 보내서 선거를 감시합니다. 그런데 그게 공정하지 않지요."

흑색선전은 불법이지만 다들 하고, 정해진 이상의 선거 자금 사용 또한 불법이지만 마찬가지로 다들 한다.

그 때문에 대한민국은 돈이 없으면 선거 출마도 불가능하다는 말이 나오는 거다.

"그걸 어떻게 해결하겠나? 선관위를 없앨 수는 없는 노릇이고."

"간단합니다. 법을 바꿔서 감시자를 반대 정당에서 보내면 되는 거죠."

"응?"

"그건 공정한 게임 아닙니까?"

즉, 자유신민당의 후보에게는 민주수호당에서 보낸 감시자를 붙이고, 반대로 민주수호당의 후보에게는 자유신민당에서 감시자를 붙이자는 거다.

"그들이 상대방과 붙어먹을 게 아니라면 과연 그냥 넘어갈까요?"

당연히 사소한 거 하나까지 모두 채증해서 나중에 날려 버리려고 달려들 것이다.

"그리고 사실 붙어먹을 수도 없지요."

선거기간이 긴 것도 아니다.

거기다 사실상 적대 세력인데, 그 안에서 그에게 잘해 주는 사람은 없을 것이다.

"서로에 의한 감시라……."

송정한은 턱을 문질렀다.

아마도 그런 경우라면 몰래 선거운동을 하고 싶다고 해도 불가능할 것이다.

"하지만 그건 종교화된 정치를 되돌리는 것과 상관없어 보이는데."

"상관있습니다."

"응?"

"선거에서 등록되지 않은 외부 단체의 사용은 금지 사항이니까요."

"아하! 그렇군. 내가 왜 그 생각을 못 했지?"

아무리 선관위가 특정 세력을 위한다고 해도 어느 정도의 한계는 있다.

아무리 그들이라고 해도 수억씩 돈을 더 쓰는 걸 봐줄 수는 없다.

기껏해야 김밥과 비빔밥의 차이라고 할 수 있다.

이게 무슨 소리냐면, 선거법상 김밥은 간식으로 분류되고 비빔밥은 식사로 분류된다.

그런데 식사류는 일종의 접대이기 때문에, 국회의원 출마자는 선거운동원에게 김밥은 줄 수 있지만 비빔밥은 줄 수가 없다.

즉, 선거운동원들은 선거기간 내내 오로지 김밥과 떡 같은 간식류만 제공받아야 한다는 소리다.

"그게 무리니까 몰래 밥 사 주고 술 사 주는 거죠."

그리고 그 정도는 선거 감시하는 자들 사이에서는 슬쩍 모른 척해 주는 경우가 많다.

누가 봐도 수십 일 내내 오로지 김밥과 떡만 먹는다는 건 이상하니까.

선거기간 중에 선거사무소에 가면 언제나 떡이 넘치는 이유가 바로 그거다.

심지어 라면도 안 된다.

비가 와도 비옷도 제공하면 안 되고 말이다.

"그런데 선거운동원들의 임금은 7만 원입니다."

그것도 열두 시간 기준 7만 원.

누가 그 돈 받고 하루 종일 서서 노래 부르고 춤추려고 하겠는가?

"하긴 선거운동원을 구하는 게 쉽지는 않지."

그들에게 추가로 돈을 주는 건 거의 불가능하다.

그 순간 선거법상 뇌물을 준 것이 되기 때문이다.

"그래서 선거할 때는 외부 세력을 쓰지요."

노형진의 말에 송정한은 쓰게 웃었다.

"자네가 노리는 건 국민민주연합이군."

"정확합니다."

선거철만 되면 나타나서 표를 밀어줄 테니 한자리 내놓으라고 요구하는 놈들.

그들 입장에서는 당연한 얘기다.

그렇게 해서 당이 선거에서 이기면 자신들 덕이니까.

그리고 그런 자들이 모인 것이 바로 국민민주연합이었다.

"아무리 민주수호당이라고 해도 내부에서 상대방이 감시하고 있는데 그들과 손잡을 수는 없지요."

"허."

"그리고 그들이 정치를 종교화하는 가장 큰 세력 아니던가요?"

"그렇지."

현행법상 선거비용은 지역구별로 다르다.

인구수와 비례에서 책정되기 때문이다.

기본 1억에다가 인구수당 200원을 더 인정해 주고, 거기에 읍면동의 숫자에 따라 한 곳당 200만 원을 더 인정해 준다.

국회의원이나 정당의 부에 따라 한쪽에 몰리지 않게 하기 위해서다.

돈으로 승부하면 사실상 답은 뻔하기 때문이다.

"하지만 그걸 안 지키지요."

그걸 지키지 않는 방법이 바로 외부의 세력을 이용하는 것.

그들은 외부 단체인지라 선거관리위원회의 감시 대상도 아니기 때문에 그런 단체들을 이용해서 선거를 치른다.

"그런 외부 단체들을 제대로 정리하면 아마 상황이 많이 나아질 겁니다."

그리고 그걸 위한 적당한 평계를 만들어 줄 수 있는 법이 바로 선거 상호 감시법이다.

"하지만 통과하기 쉬울까? 이런 말 하기는 뭐하네만, 그게 쉽지는 않을 거야. 그들을 정리해 달라고 한 건 나지만 그게 당론은 아니니까. 자네도 알다시피 이번 사건은 내가 독단으로 요청한 걸세."

그러한 단체들 때문에 대한민국의 정치가 후퇴하는 것도 사실이지만, 반대로 그런 존재들 덕분에 선거에서 편하게 꿀 빨던 사람들이 있었던 것도 사실이다.

사실 대부분의 정치인들이 그럴 것이다.

"압니다. 그래서 제가 대책도 준비해 왔지요."

"대책?"

"현상금을 걸 겁니다."

"아! 정치 현상금!"

노형진이 대한민국 정치를 바꾼 새로운 방법 중 하나.

그 전에는 사람들이 국회의원을 뽑아 두고 공약을 이행해 줄 때까지 마냥 기다리는 수밖에 없었다.

하지만 공약을 이행하지 않고 시간만 끄는 경우도 많았고, 아예 지킬 생각도 없는 엉터리 공약만 내놓는 경우도 많았다.

합법적인 정치 후원금까지 내 가면서 기대하던 사람들의 뒤통수를 치는 행동이었다.

그런 상황에서 노형진은 특정 법이나 개혁에 관해 정치 기부금을 직접 걸고 그걸 시도하거나 실행하는 사람에게 지급하는 사이트를 만들어서, 사람들이 국회의원을 움직일 수 있게 해 놨다.

"거기에 이번 법안을 제가 먼저 제안하면 당연히 관심을 가지는 의원들이 있을 겁니다."

"주로 새로운 의원들이겠군."

"그럴 겁니다. 아무래도 기존 세력과 가까울 테니까요."

물론 그것만으로 법을 통과시키는 것은 힘들 것이다.

"하지만 아시다시피 그 사이트에는 법률 제안에 대한 가부를 표시하게 되어 있지요. 그걸 보고 사람들이 알아서 판단할 겁니다."

여전히 부패되어 있는 시스템을 이어 가고자 한다면 그걸 국민들에게 알리는 수밖에 없다.

물론 그 후의 선택은 국민들의 몫이다.

"아무래도 그래야 송 의원님이 편하지 않으시겠습니까?"

너무 앞으로 나가면 결국 총을 맞는 게 바로 한국의 문화다.

그러니 송정한을 보호하면서 일을 하기에는 그 방법이 최선이다.

　"하지만 그쪽에서 심하게 반발할 텐데."

　"하라고 하세요. 그런 거 무서워서 못 할 일은 아니니까요."

　"하긴, 자네가 그런 걸 무서워할 사람이 아니긴 하지."

　송정한은 고개를 끄덕거렸다.

　"그런데 말이야, 그 새론 쪽은 일이 잘되어 가고 있나?"

　"네? 아, 새론이야 아주 잘되어 가고 있다고 합니다."

　"그래? 그나저나 자네는 진짜 기발해. 그런 식으로 일을 해결할 줄은 몰랐네."

　"결국 인간은 욕심을 위해 움직이기 마련이니까요."

　노형진은 당연하다는 듯 말했다.

　"더 많은 돈을 준다는데 그걸 거절할 사람은 별로 없을 겁니다. 더군다나 그런 노인들이라면 말이지요."

　그리고 그 덕분에 애국총동맹은 코너로 몰리고 있었다.

최저임금을 지키세요

"최저임금?"

그 시각, 무태식은 애국총동맹의 시위에 참석했던 노인들과 이야기하고 있었다.

"그렇습니다. 최저임금은 받으셔야지요."

서로를 돌아보는 노인들.

그들은 묘한 표정이 되었다.

자신들을 동원한 사람들이 아무것도 이야기하지 말라고 했기 때문이다.

그런데 변호사라는 작자가 어떻게 알았는지 다가와서 자신들을 살살 꼬시고 있다.

"이미 다 알고 왔습니다. 하루에 2만 원씩 받으신다면서요?"

돈을 준다는 것은 소문으로 이미 널리 알려진 상황이었다.

하지만 그걸 굳이 증명하려고 하는 사람들은 없었다.

일단 검찰과 법원은 명백하게 자유신민당 편이었기 때문이다.

"으음……."

"물론 이건 친고죄에 가깝기 때문에 거절하셔도 됩니다. 하지만 그 돈이 절대 작은 게 아닐 텐데 그걸 거절하시려고요?"

"그건 그런데……."

"하루에 2만 원이 뭡니까, 2만 원이? 그건 진짜 너무한 겁니다."

시위에 동원되면 받는 돈은 하루에 2만 원 정도.

사실 그렇게 받은 돈은 기껏해야 막걸리값 정도다.

무태식과 새론의 변호사들은 노형진의 조언에 따라 그걸 물고 늘어졌다.

"최저임금법에 따르면 여러분들은 최소한 5만 원은 받아야 합니다. 아, 그리고 야간근로 수당은 1.5배인 건 아시죠?"

현재 최저임금은 7,500원선.

노인들은 보통 오후 3시부터 모여든다. 그리고 시위가 끝나면 보통 저녁 10나 11시쯤 된다.

하루 평균 여덟 시간이다.

"하루에 2만 원이면 세 시간 임금도 안 되는 겁니다."

하루 일곱 시간 근무라고 해도 52,500원은 주어야 한다.

그런데 노인들은 뜨거운 태양 아래에 하루 종일 있어도 고작 2만 원이다.

"뭐? 그게 뭔 말이여?"

"쉽게 말해서, 그 사람들이 여러분들 줄 돈을 뜯어먹고 있다는 소리지요."

"아니, 그게 참말이여?"

"최저임금이라는 게 있다고 말씀드리지 않습니까?"

"하지만 이게…… 그게 해당되는 건가?"

"해당되지요. 어르신들은 거기에서 돈 주니까 받으려고 가는 거 아닌가요?"

"그렇기는 하지."

물론 진짜 분기탱천해서, 스스로 원해서 나가는 사람도 있기는 하다.

하지만 하루도 아니고 몇 달째, 그것도 매일같이 나가는 건 사실 아무리 감정적으로 화가 난다고 해도 절대 쉬운 일이 아니다.

대부분의 노인들은 일당을 주고, 시위 장소까지 태워다 주고 태워 오니까 집에서 노는 것보다는 나을 거라는 생각에 나가는 것이다.

"그런 경우 법리적으로 보면 일당직 아르바이트가 되거든요. 그러면 당연히 그에 따른 임금을 줘야 합니다."

"회사도 아닌데?"

"회사랑 상관없습니다. 이건 개인적으로 따로 시킨다고
해도 줘야 합니다."

당연히 그 임금을 줘야 하는데 그들은 주지 않았다고 설득
하는 무태식.

'노 변호사 말이 맞네.'

돈을 준다는 여러 가지 정황적 의심은 많았지만 사실 그걸
결정적으로 잡아낼 방법이 없었다.

그럴 수밖에 없는 게, 돈을 계좌 이체로 주는 것도 아니었
으니까.

시위 참가자에게 돈을 주는 문제에 대해서는 집시법 내부
에 규정이 없기에 딱히 불법이라고 볼 수는 없지만, 돈을 주
는 행동 자체가 결국은 그 시위의 순수성과 정당성을 부정하
는 행위이다 보니 대부분 몰래 주거나 일반적으로 움직이는
버스 안에서 줬기 때문이다.

버스 안에서 돈을 주면 현실적으로 잡는 건 불가능해서 누
군가 제보해야 하는데, 애초에 제보할 정도의 사람은 거기에
서 받아 주지도 않는다.

설사 제보한다고 해도 그동안 철저하게 자유신민당의 편
을 들어 주던 언론과 경찰 그리고 검찰이 조사하지도 않았고
말이다.

'하지만 최저임금이라고 하면 이야기가 달라지지.'

노인들에게 그 2만 원은 일종의 소일거리로 받는 용돈 같

은 개념이다.

그렇게 생각하고 있기에 그 돈을 받는 걸 당연하게 생각했다.

'하지만 그 생각을 바꾸게 한다면?'

당연히 노동이고, 그 노동에 대한 정당한 대가라고 한다면?

'더 달라고 하겠지.'

그게 당연한 거다.

그것도 하루 이틀 문제도 아닌 만큼 수백만 원에 달할 테니, 그 돈을 청구하는 것은 너무나 당연한 일.

'그리고 청구하는 것을 돕는 게 우리 새론의 책임.'

새론은 기본적으로 이런 소송에 관해서는 아주 특화되어 있다.

체불임금에 대해 노형진이 공격 시스템도 만들어 놨고, 결정적으로 그런 체불임금 지급을 전문으로 하는 압류 회사도 가지고 있다.

노형진은 새론의 변호사들에게 그런 노인들을 공략하라고 했다.

물론 다 소송할 필요는 없다.

하지만 대략 열 명 정도만 설득해서 소송에 들어가도 판은 완전히 뒤집어진다.

지금까지 노인들을 모아서 종교적 행사처럼 난리를 피우던 그들에게 명백하게 돈을 주고 사람들을 모은다는 이미지를 확정시켜 놓으면 그때는 분명 언론의 이슈를 탈 수밖에 없을 테고, 그렇게 되면 법률상 금지된 금품 살포를 통한 시위는 물 건너갈 테니까.

"그래서 얼마나 주는데?"

무태식이 잠깐 생각에 빠진 사이 노인 한 명이 슬쩍 운을 띄웠다.

"아니, 김 씨? 진짜 하려고?"

"슬슬 나도 그만 나와야지. 더워 죽겠는데 무슨 시위여?"

"하긴 그러네."

안 그래도 더운 날씨다.

그들이 시위하는 곳은 아무것도 없는 아스팔트 위.

그 위에서 시위를 하니 죽을 듯 힘들 수밖에 없었다.

3시부터 모여서 시위한다고 해도 아스팔트의 열기가 그렇게 쉽게 사그라들 리가 없다.

집에 있어도 열대야로 잠도 못 자는 판국인데 말이다.

"지난주에 서 씨 봐. 쓰러져서 훅 갔자녀?"

"하긴, 하긴. 우리도 슬슬 조심해야지. 돈 몇 푼에 목숨이 위험한 짓 할 수는 없제."

고개를 끄덕거리는 노인들.

그런 노인들을 보던 무태식의 귀가 솔깃해졌다.

"방금 그 이야기가 무슨 말인가요?"

"더운 거?"

"아니, 그 서 씨라는 분 말입니다."

"아아, 서 씨? 지난주에 시위를 하다가 갔어."

"어디로요?"

"이 나이에 어디겠어?"

하늘을 가리키는 노인들.

"더위 조심해야 혀. 우리 같은 사람들은 체력 달리면 훅 간다니께."

수다스럽게 이어지는 노인들의 말은 더 이상 무태식의 귀에 들어오지 않았다.

⚖

"사망 사건요?"

"네. 그날 119에 확인했습니다. 서갑주 씨라는 분이 현장에서 열사병으로 사망했습니다."

무태식의 말에 노형진은 흥미로운 표정을 지었다.

그럴 수밖에 없는 게, 무태식이 관심을 보인 것처럼 이번 사건은 그들에게 심각한 타격이 될 수 있기 때문이다.

"그러니까 현장에서 실려 갔다는 거죠?"

"맞습니다. 확실하게 현장입니다."

더운 날씨에 시위하던 서 노인은 결국 열사병으로 쓰러졌다. 그리고 심장마비가 왔다.

그의 나이는 70세였고, 한번 멈춘 심장은 의사의 갖은 노력에도 불구하고 다시 움직이지 않았다.

"그런 사건이 많을까요?"

"그럴 수도 있습니다. 시위하는 걸 보면 확실히 노인들이 많으니까요."

젊은 사람도 픽픽 쓰러질 만한 날씨에, 달궈진 아스팔트 위에서 제대로 된 냉각 장치도 없이 노인들이 시위를 한다면 당연히 그런 문제가 생길 수밖에 없다.

"그렇게 더우면 안 나오면 되는 거 아닌가?"

옆에서 듣고 있던 무태식 변호사의 아내인 민시아 변호사는 이해가 가지 않는다는 표정이었다.

그녀도 이번 사건에 참가하여 설득 중이지만 그 부분은 이해가 가지 않았다.

"일반적인 노인이라면 그렇지."

"그게 무슨 말이에요? 그 사람들이 일반적인 노인이 아니라는 뜻인가요?"

"내가 담당한 지역은 아무래도 그래."

무태식은 입맛을 다시며 말했다.

"가난한 노인들이 많더라고. 당신이 담당하는 곳하고 좀 분위기가 달라."

노형진 역시 고개를 끄덕거렸다.

"현실적으로 2만 원이 큰돈은 아닙니다만, 가난한 노인들에게는 큰돈입니다. 이 날씨에 하루 종일 폐지를 주워도 3천

원이 될까 말까니까요."

그런 돈으로 살아가는 노인들에게 있어서 2만 원이면 아주 큰 돈이다.

"민시아 변호사님이 맡으신 지역에는 빈민가에 준하는 곳이 없지만 무태식 변호사님이 맡으신 지역에는 아마 그런 곳이 좀 있을 겁니다. 그런 곳은 대부분 언덕이라, 이동하기도 힘들고 차가 들어가기도 힘드니까요."

"아아, 이해했어요."

그런 곳을 돌아다니면서 설득하려면 결국 어느 정도의 체력이 필요하다.

그리고 새론의 체력왕 하면 누가 뭐라고 해도 무태식 변호사다.

자연스럽게 체력이 필요한 곳은 무태식 변호사가 담당하게 된 것이다.

"그런 곳에 사는 분들은 수입이 없으면 설탕물로 연명합니다. 그나마 운이 좋다면 외부에서 음식을 받기도 하지만요."

하지만 그마저도 요즘은 쉽지 않다.

그런 가난한 노인들을 위한 도시락 배달도, 요즘 같은 시기에는 쉽게 쉬어 버리는 데다가, 외부에서 밥을 해서 주는 무료 급식 같은 경우도 멀리 나가야 하니까.

"하지만 시위 동원은 태워다 주고 밥도 주고 돈도 주니까요."

가난한 노인들에게는 아무래도 포기할 수 없는 생계유지

수단이 되어 버린다.

"그게 더 문제 아니에요?"

그리고 민시아는 바로 문제가 뭔지 알아차렸다.

그나마 소일거리로 나오는 노인들이야 자기 몸이 안 좋거나 힘들다면 안 나가면 그만인지만, 그런 가난한 노인들은 죽으나 사나 나와서 돈을 받으려고 한다는 거다.

그 말은 당연히 목숨이 위험해진다는 거고.

가만히 자리만 차지하고 있는 일이라지만 더위 자체가 어마어마하게 체력을 잡아먹는다.

"그러니까요. 아마 피해자가 더 있을 겁니다. 서 노인이라는 분의 가족분들과 이야기를 해 봐야겠네요."

노형진은 진지하게 말했다.

"누군가의 죽음은 막아야 하니까요."

⚖️

노형진은 서 노인의 가족을 만났다.

하지만 그 가족이라는 사람은 오로지 한 명뿐이었다.

"할아버지가 거기에 매일 가셨니?"

이제는 고아가 되어 버린 소년은 고개를 끄덕거렸다.

"매일 가셨어요. 저희 집이 너무 가난해서……."

사고로 부모님이 돌아가신 후 할아버지는 하나뿐인 손자

를 키우려고 노력했다.

하지만 정부에서 나오는 지원금은 턱없이 부족했기에 어떻게 해서든 돈을 벌려고 폐지를 줍거나 다른 방법이라도 시도해 봤지만, 딱히 돈이 되지는 않았다.

일단 폐지 자체가 거의 없는 데다가 그마저도 경쟁이 너무나 치열해졌기 때문이다.

그러다 우연히 시위에 나가면 돈을 준다는 사실을 알게 되었고 그때부터 매일같이 나갔다고 한다.

나가서 앉아만 있어도 2만 원씩, 한 달이면 무려 60만 원이 나오는데, 그 돈은 정부에서 주는 돈과 비등한 수준이었으니까.

'으음…….'

노형진은 참담한 기분이 들었다.

물론 노인이 취업해서 제대로 월급을 받으면 좋은 일이기는 하다.

하지만 그렇게 되면 국가 지원을 받지 못하게 된다는 게 문제다.

설사 노인이 취업한다고 해도 그다지 많은 보수를 받기는 힘들다.

'하지만 그건 흔적이 남지 않는 돈이니까.'

그렇게 하면 정부 지원과 합해서 거의 130만 원 정도의 수입이 된다.

부족하지만 그래도 두 사람이 살아갈 수 있는 돈이다.

'하아, 갑갑하군.'

누군가는 자신의 배를 채우기 위해 정치의 종교화에 참여하지만, 누군가는 진짜 생존을 위해 정치의 종교화에 참여한다.

"도대체 어쩌다가 그런 곳에 가시게 된 거야?"

"옆집 할아버지가 같이 가자고 하셨어요. 가서 앉아만 있어도 된다고."

"이런 날씨에?"

"그때는 날씨가 좋았거든요."

그러니 힘들지는 않았을 것이다.

하지만 날씨가 더워지면서 차츰 버티기 힘들어졌을 것이다.

그래도 안정적으로 돈을 버는 수단이니 포기할 수는 없었을 테고.

"혹시 그 옆집 할아버지를 만나 뵐 수 있을까?"

아이는 고개를 흔들었다.

"이미 돌아가셨어요."

"돌아가셨어?"

"두 달 전에요."

노형진의 얼굴이 굳었다.

노환일 수도 있지만, 더워진 시기와 체력을 생각하면 답은 뻔하다.

"동네에 그런 분들이 많아?"

"많아요. 제가 아는 것만 다섯 분이 넘게 돌아가셨어요."

노형진은 진지하게 말했다.

"그곳이 어디니?"

⚖

노형진이 그렇게 아이에게 정보를 얻는 사이 민시아는 다른 쪽에서 공략하고 있었다.

"아니, 우리가 뭘 잘못했다고요?"

땀을 뻘뻘 흘리는 사람들.

그들은 다름 아닌 버스 운전기사들이었다.

"시위대 나르셨지요?"

"그게 불법은 아니지 않습니까?"

현행 집시법에 시위대를 차량으로 나르지 말라는 조항은 없다.

"물론 불법은 아닙니다. 하지만 그게 높은 분들의 심기를 건드렸다는 게 문제지요."

얼굴이 노래지는 운전기사들.

'내가 협박이라는 걸 하게 될 줄은 몰랐네.'

민시아는 왠지 기분이 묘했다.

물론 협상을 빙자해서 협박하는 건 노형진의 주특기다.

하지만 민시아는 자신이 변호사로서 한 발 더 나아가야 한다고 생각했기에 스스로 이번 일을 선택했다.

"높은 분들이라니……."

"제가 굳이 말해야 합니까? 어차피 지난 정권에서는 높은 분들의 명령에 따라 움직이신 분들에게?"

"그게……."

"물론 여러분들이 잘못한 건 아닙니다. 정당한 거래였고, 그 과정에서 여러분들이 계약을 하고 버스를 운행한 것은 법적으로 아무런 잘못도 없습니다."

민시아의 말에 약간은 안도하는 사람들.

감옥이라도 보낼 거라 생각했던 모양이다.

'하긴, 전 정권에서는 없는 죄도 만들어서 감옥을 보냈으니.'

하지만 그럴 필요가 없다.

물론 감옥에 보내거나 할 이유는 없다. 하지만 이 협상의 무기는 감옥만이 아니다.

"제가 여러분들에게 선물을 가지고 왔습니다."

"선물?"

"여기 있습니다."

그러면서 운전기사들에게 봉투를 건네는 민시아.

봉투를 받아 열어 본 사람들은 입을 꾸욱 다물었다.

"중앙선 침범, 불법 주정차, 과속, 난폭 운전 그리고 차고지 위반. 이거 벌점이 몇 점이나 될 거라 생각하십니까?"

운전면허는 벌점 제도가 있다.

벌점 40점이면 40일 면허정지다.

그리고 그걸 넘는 순간부터 1점당 1일의 면허정지가 같이 붙는다.

그리고 1년간 벌점 121점 이상이라면 면허취소다.

"제가 변호사로서 조언을 드리자면, 중앙선 침범은 벌점이 30점입니다. 속도위반 역시 30점이고, 안전거리 미확보와 앞지르기 위반도 10점입니다. 회당 말이지요."

당연한 말이지만 민시아가 말한 것들은 버스 운전기사라면 거의 지키지 않는 것들 중 하나다.

그런데 이 모든 게 한꺼번에 들어간다면?

당연히 운전면허는 취소된다.

그런데 운전면허가 취소되면 다시 따기까지 1년이 걸린다.

꿀꺽. 누군가 사진들을 넘겨보며 침을 삼켰다.

이 사진들만으로도 그들은 확실하게 면허가 취소된다.

"면허가 취소되면 당연히 운전은 못 하시겠지요. 그러면 돈을 못 버실 테고. 뭐, 그러면 차라도 팔아서 버티셔야 하지 않겠어요?"

민시아의 말은 지극히 현실적이며 실제로 벌어지고 있는 일이다.

이들은 운전사이기에 주변에서 그런 운전사들을 많이 봐 왔다.

차를 파는 순간 미래는 나락으로 떨어진다.

버스의 가격은 엄청나게 비싸기 때문이다.

"우리한테 뭘 원하는 겁니까?"

"일단 준법정신?"

"네?"

무슨 장난을 하는 거냐는 표정이 되는 사람들.

"뭐, 사진을 보시면 알겠지만 운전을 아주 그냥 개판으로 하시더군요."

"그거야……."

"법 잘 지키세요. 자기 안 죽는다고 막 하지 마시고."

버스는 아무래도 덩치가 크다 보니 사고가 나도 상대적으로 안전하다.

반대로 버스와 부딪히면 승용차 운전사는 죽는다고 봐야 한다.

실제로 승용차와 버스가 사고가 나면 버스 기사는 승용차를 깔고 올라타서 안전하지만 승용차 운전사는 깔려서 사망하는 경우가 상당히 많다.

"물론 그건 제 개인적인 소망이고, 진짜 원하는 건 돈을 준다는 증거입니다."

다들 뭘 원하는지 바로 알아차렸다.

버스 내부에서 돈을 나눠 주는 곳은 한 곳뿐이니까.

"그거면 되는 겁니까?"

"네, 그거면 됩니다."

"아니 박 기사, 그랬다가 걸리면 어쩌려고?"

"그거 가능하겠어? 사실 그놈들이 버스에 관심이 있는 것도 아니잖아? 영상 본다고 해도 누군지 알아채기나 하겠어? 다 똑같이 생겼는데. 영 찝찝하면 따로 설치한 거 다 떼면 그만이지."

"그건 그런데……."

버스는 다 똑같이 생겼다.

물론 취향에 따라 꾸미는 사람도 있지만 대부분은 그냥 대충 쓴다. 그럴 수밖에 없는 게, 버스도 수익이 그다지 많은 건 아니니까.

"그거 돈 주는 장면만 찍어서 넘기면 되는 거 아닙니까?"

"장비는 우리가 설치할게요."

민시아의 말에 버스 운전기사들은 떨떠름한 표정이 되었지만 거부할 수 없다는 사실은 알고 있었다.

⚖

"빨갱이는 물러나라!"

"홍안수는 우리의 영원한 대통령!"

"각하는 그럴 분이 아니다!"

시위 현장.

거리에 빼곡하게 모여 있는 사람들은 시끄럽게 시위를 하고 있었다.

경찰들도 그 장면을 보고 있었지만 딱히 막거나 하지는 않았다.

법적으로 인정되는 시위라면 막을 이유도 없고.

"물론 우리 빼고는 말이지."

노형진은 싱글거리면서 웃었다.

그리고 그 모습을, 사람들은 어이가 없다는 표정으로 바라보았다.

"진짜로 여기서 압류한다고요?"

"불가능합니까?"

"아니, 동산의 압류야 불가능한 건 아닌데."

새론에서는 그동안 지급되지 않은 임금에 대한 청구 소송을 걸었다.

소송하기로 한 사람들은 대략 백 명선. 그다지 많은 건 아니다.

어쩔 수가 없다. 그들이 무슨 명부를 가지고 있을 가능성이 높기야 하지만 그걸 자신들에게 주지는 않을 테니까.

그러니 시위 참가자를 일일이 따라다니면서 설득하는 수밖에 없었다.

"불씨는 피워 놨으니 그걸 크게 키워야 하지 않겠습니까?"

"불을 키운다라……."

어이가 없다는 듯 고개를 흔드는 남자.

"이건 불을 키우는 정도가 아니라 아예 산을 홀라당 태우는 수준입니다만."

"그게 제 목적이니까요."

노형진은 확고하게 말했다.

"배보다 배꼽입니다만? 그리고 이건 사실상 가압류의 의미가 없습니다."

주변을 둘러보는 남자.

그럴 수밖에 없는 게, 그 주변에는 족히 백 명은 되는 경호 인력이 배치되어 있었기 때문이다.

그들은 시위를 관리하기 위한 사람들이 아니다.

남자와 그의 동료들을 위해 배치된 사람들이다.

세계적인 톱스타도 백 명씩 경호원을 대동하지는 않는다.

"걱정하지 마세요. 저는 그 이상의 이득을 낼 수 있으니까."

노형진은 빙긋 웃었고 남자는 긴 한숨을 쉬었다.

어찌 되었건 약속된 일이고 그만큼의 보상도 약속받았다.

"이런 데서 가압류 딱지를 붙이는 건 처음인데."

그는 압류를 하기 위해 나온 법원의 집행관이었다.

그리고 그에게 노형진은 다른 곳도 아닌 시위 현장에서 가압류를 진행해 달라고 했다.

'어차피 계좌는 털어 봐야 개털이고.'

저들은 현금으로 돈을 뿌리지만 자기들 계좌에 돈을 넣어 두지는 않는다.

그리고 다른 계좌에 돈이 들어 있다면 그걸 증명하기 전에는 손도 못 댄다.

"시작하지요."

노형진의 말에 집행관은 고개를 끄덕거렸다.

"어어, 뭐야?"

무려 백 명의 경호를 받으면서 무대로 올라가는 사람들.

일부 시위 관리를 하는 자들이 막기 위해 달려들었지만 수적으로도, 질적으로도 당연히 막을 수가 없었다.

"막아!"

"당신들 누구야!"

허둥대는 사이에 단상으로 올라간 노형진.

"우리의 대통령 홍안수를 석방……! 당신 누구야?"

졸지에 무대에 올라온 노형진에게 마이크를 빼앗기는 사회자.

그런 그들 앞에서 노형진은 담담하게 말했다.

"현 시간부로 여기에서 사용하는 장비에 대한 압류를 개시하겠습니다."

"뭐? 그게 무슨 소리야?"

"아니, 말이 돼? 압류라니!"

당황해서 허둥거리는 사람들.

사회자는 어떻게 해서든 마이크를 다시 빼앗으려고 했지만 경호원을 이길 수는 없었다.

"이곳에서 일당을 받고 일하시는 분들 중 일부가 최저임금 이하로 근무하셨다는 기록이 나온 관계로, 그분들의 미지급된 월급에 대한 가압류를 진행하도록 하겠습니다."

"일당? 그게 뭔 소리야?"

"최저임금?"

몇만이나 되는 사람들은 이 상황을 이해하지 못해서 서로를 돌아보았다.

그리고 노형진이 어그로를 끄는 사이에 집행관은 사방에 압류 딱지를 붙이기 시작했다.

비록 가압류이긴 하지만 말이다.

"이거 훼손하면 처벌받습니다."

수만 명이 노려보는 압력이라는 건 무시할 수 있는 게 아닌지라 다들 다급하게 대충 딱지를 붙이고 도망가듯이 무대에서 내려가기 시작했다.

"혹시나 임금을 받지 못하고 체불되거나 하신 분이 있으면 새론으로 와 주시기 바랍니다. 감사합니다."

노형진 역시 잽싸게 마이크를 내려 두고 그곳에서 이탈했다.

얼마나 번개같이 일이 벌어진 건지 다들 당황해서 어쩔 줄 몰라 했고, 심지어 시위하는 측조차도 이걸 어떻게 해야 하나 허둥대는 눈치였다.

그사이에 노형진 일행은 재빨리 그곳에서 멀어졌고, 좀 떨어진 곳까지 안전하게 물러난 노형진은 고개를 돌려서 물끄러미 시위 현장을 바라보며 중얼거렸다.

"자, 이제 불은 제대로 질렀고, 그게 퍼져 나가기를 기다
리면 되겠지? 후후후."

현장에서의 가압류. 그건 모든 사람들에게 충격이었다.

수만 명이 보는 와중에 벌어진 일이었으니까.

하지만 현실적으로 가압류가 성사되기는 힘들다.

"그거 다 다른 회사 물건이라고 가압류 취소 청구가 들어
왔다는군."

송정한은 흐뭇한 표정이 되었다.

그렇게 매일같이 홍안수를 풀어 주고 복권시키라고 시위
하던 자들이 갑자기 사라졌다고 한다.

원래대로라면 지금도 시위가 계속되어야 한다.

이미 그들이 시위에 관련된 신청을 했고 그게 허가된 상황
이었으니까.

그런데 단 한 명도 시위 현장에 나타나지 않았다고 한다.

"뭐 예상한 거 아닙니까? 다 알고서 한 건데요, 뭘. 중요한
건 정보를 흘리는 거지 그 장비들이 아니었으니까요."

아무리 시위를 계속한다지만 그걸 자비로 사는 사람은 그
다지 많지 않다. 무대에서부터 스피커까지, 그런 장비들은

생각보다 고가니까.

그래서 그런 장비들은 대부분 빌려서 쓰는 게 보통이고 당연히 그 주인이 다르니 가압류를 풀라고 청구가 들어오는 것 또한 당연한 일이었다.

그런 상황에서 시위 장비를 빌려주려고 하는 사람은 없을 테니 당연히 시위하러 올 수 있을 리가 없다.

더군다나 노형진이 그게 풀릴 걸 몰라서 압류한 게 아니다.

노형진이 노린 건 현장에서 가압류를 함으로써 사람들에게 이번 사건에 대해 알리는 것.

당연히 현장에서 그 이야기는 계속 나올 수밖에 없다.

시위 현장에서 벌어진 가압류라니.

당연히 그 사건에 대해, 사람들은 주변에 아는 사람이 있는지 물을 수밖에 없다.

"그래서 우리가 투입한 사람들은 어떻습니까?"

"잘 이야기했다고는 하는데……."

당연히 사건에 대해 설명해 줄 사람들을 노형진은 그 안에 투입해 놨다.

많은 숫자를 돈을 주고 데리고 오기는 하지만 모두가 그런 것은 아니니, 당연히 그 안에 상당수 사람들이 섞여 들어가도 그걸 알아낼 방법은 없다.

그 사람들은 법리적으로 보면 이들이 일당직 아르바이트이며, 그런 경우 최저임금이 적용되어야 하는데 돈을 안 주고 상당수 뻥땅을 치는 게 걸려서 압류가 들어간 거라고 소문을 냈다.

"이게 어떻게 판결이 날지는 모르겠지만 확실히 저쪽에는 타격이 크겠어."

정상적인 상황이라면 시위를 돈 주고 하는 건 생각도 못할 일이기에 당연히 관련 규정이나 법적인 해석은 전무했고, 당연히 그 건에 대해 결국 재판부의 판단을 받아야 한다.

"아마 내부가 말도 못 하게 혼란스러울 겁니다."

계좌에 대해 압류가 들어갔으니 돈도 못 꺼낸다.

"그리고 일단 버스도 못 쓰니까요."

민시아를 통해 버스 내부에서 돈을 주는 장면을 찍었고, 그걸 법원에 임금 체불의 증거라고 제출했다.

당연히 그 소송 외에 그 시위를 하다가 사망한 사람들에 대한 소송도 걸었다.

그 가족들은 어이가 없어 했다.

자신들의 부모가 시위에 갔다가 죽었다는 건 알고 있었지만, 설마 돈을 받기 위해 간 데다 그런 경우 업무 중 사망으로 볼 수 있는 줄은 몰랐으니까.

당연히 그에 대한 형사 고발이 들어갔고, 버스 기사들도 못 믿게 된 애국총동맹은 시위는커녕 내부 혼란도 잠재우지 못하고 있었다.

"그리고 마법처럼 그 이야기가 사라졌네."

마치 종교처럼 그들이 하는 대로 하던 사람들이 너도나도 나오지 않게 되자 주변이 조용해졌다.

물론 그런다고 해서 사람들의 성향이 바뀌는 것은 아니었지만, 그건 당연한 거다.

민주주의란 자신의 선택을 따를 수 있어야 하는 거니까.

"그런데 이런다고 해서 종교화하려고 하는 놈들이 없어질까?"

"신흥 종교의 핵심은 세뇌와 선동입니다. 그리고 그게 불가능해지면 새로운 신자는 안 들어오지요."

지금 한국의 정치판이 그렇다. 소속과 상관없이 정치 대결이 아니라 선동만을 통해 권력을 잡으려고 해 왔다.

"하지만 선동하는 놈들이 사라지면 사람들은 생각할 기회라는 걸 가지게 됩니다. 물론 이미 세뇌된 사람들은 방법이 없지만요."

"생각의 기회라……."

"어떤 정책이 나에게 어떤 영향을 줄 것인가? 그 간단한 생각만으로도 절대로 정치는 종교화될 수가 없습니다. 정치를 종교화시키고 싶은 놈들이 가장 무서워하는 게 바로 국민들이 생각하는 거지요. 정치인들이 왜 그렇게 우민화정책을 좋아하는지는 아시지 않습니까?"

"결국 우민화정책의 폐지야말로 종교화의 차단이라는 소리군."

노형진은 고개를 끄덕거렸다.

"제가 이번에 애국총동맹을 사실상 와해시켰지요. 그들이 선동하지 않는다면 결국 사람들은 자신의 상황을 생각하고 선택하게 될 겁니다. 최소한 상대방을 적대하면서 죽으려고 만 하지 않아도 성공한 거지요."

"그렇기는 한데……."

이건 너무나 오래된 문제다.

정치의 종교화는 단순히 한순간에 벌어진 현상이 아니라 대한민국에 민주주의가 들어오고 계속해서 벌어진 일이기에 이제 와서 갑자기 모든 걸 마법처럼 해결할 수는 없다.

"그들을 제압함으로써 다음 세대는 각자의 신념에 따라 선택할 수 있게 해야지요."

그러기 위해서는 외부에서 정치 세력을 종교화하려고 하는 자들과 계속 싸워야 한다.

"하지만 그들은 계속 시도할 텐데?"

"아마 힘들 겁니다."

노형진은 빙긋 웃으며 말했다.

"세상이 바뀌었거든요. 이제 남은 건 국민민주연합뿐입니다, 후후후."

⚖

주도덕은 자신을 향해 다가오는 검은 손길을 느낄 수가 있었다.

물론 그걸 직접 확인할 수 있는 것은 아니었다.

하지만 그럼에도 불구하고 상대방이 자신을 죽이겠다는 의사를 확고하게 했다는 것은 알 수 있었다.

"미안합니다. 더 이상 지원은 불가능합니다."

"지금 그걸 말이라고 하는 거야? 지원 불가? 지금 내가 만만하게 보여?"

맞은편에 앉아 있는 남자를 향해 화를 내는 주도덕.

하지만 그는 지금 상황이 두렵기만 했다.

어쩌면 화를 내는 것도 그걸 감추기 위해서인지도 모른다.

그걸 상대방도 아는지, 자신이 화를 내는데도 불구하고 눈도 깜짝하지 않고 있었다.

얼마 전까지만 해도 자신에게 굽실거리던 놈들이 말이다.

"저희도 여력이 안 됩니다."

"여력이 안 된다는 게 말이나 된다고 생각해? 어?"

정치를 하다 보면 엄청난 비자금이 필요하다.

몰래 선거에 투입하는 돈도 그렇고 국회의원들의 지갑을 채우는 것도 중요한 문제다.

그리고 그 돈은 절대 기부금으로 채울 수 없다.

사실 기부금 자체는 거의 없다.

도리어 이쪽에서 돈을 뿌려 가면서 시위를 했다.

그래야 자기들의 힘을 자랑하고 국가에서 지원금을 받으

며 정치인들과 손잡을 수 있으니까.

그리고 그런 돈은 보통 기업에서 나왔다.

"우리가 누군지 알고!"

"패배자들, 권력에 기댄 깡패들 그리고 도둑놈들."

"뭐?"

주도덕은 자신이 잘못 들은 줄 알았다.

다른 사람도 아닌 자신에게, 대한민국의 보수를 이끌어 가는 보수 진영의 거두인 자신에게 한 말이라고는 믿을 수 없었다.

"너…… 지금 죽으려고 환장했어?"

"제가 조언 하나 해 드릴까요?"

남자는 차가운 눈으로 주도덕을 마주 보았다. 그동안 자신을 보던 시선과는 완전히 다른 눈빛.

"아마 다른 곳에서도 돈을 받지는 못할 겁니다. 물론 국가 지원금이야 받을 수 있겠지만."

하지만 그건 이들이 진짜로 쓰는 돈에 비하면 새 발의 피다.

더군다나 그 돈은 감사의 대상이기에 사용처를 공개해야 해서 주도덕이 가지고 갈 수도 없다.

"뭐라는 거야?"

"마이스터에서 경고가 날아왔습니다."

"경고?"

마이스터라는 말에 소름이 돋은 주도덕.

정치하면서 마이스터의 이름을 모를 수는 없었으니까.

"기업에 손해를 입히는 경우 회장에 대한 해임 건의안을 제출하고 미국 법원에 징벌적 손해배상을 청구하겠다고 하네요."

"손해라니! 그게 무슨……."

"손해죠. 명백한 손해죠."

매일같이 시위하는 데에는 당연히 돈이 든다.

거기다가 그들이 따로 빼돌리는 돈이 적지 않다.

"저희 기업에서만 하루에 못해도 1억의 돈이 나가지요."

물론 대기업 입장에서 하루에 1억이라면 많지 않은 돈이라고 할 수도 있다.

"하지만 그게 문제입니다."

현실적으로 그건 명백한 손해다.

물론 기업들이 정치자금을 주는 건 하루 이틀 일이 아니다.

"하지만 당신은 정치인이 아니죠."

"……!"

언젠가 들었던 말.

그는 정치인이 아니라 사회운동가일 뿐이다.

"하루에 1억, 한 달이면 30억, 1년이면 365억."

물론 시위가 끝나고 나면 그렇게까지 돈이 들어가지는 않을 것이다.

문제는 이 시위가 언제 끝날지 알 수가 없다는 거다.

벌써 시위가 시작된 지 1년이 다 되어 가니까.

"이걸 공개하고, 그쪽에서는 차기 회장으로 로이드 웨인을 추천했습니다."

"그게 무슨 말이야? 차기 회장이라니?"

"전쟁을 하겠다는 거죠. 문제는, 로이드 웨인은 미국인이라는 겁니다."

기업 입장에서는 골치 아픈 문제다.

안 그래도 외국 주주들은 족벌 체제로 돌아가는 한국의 대기업에 불만이 많다.

그동안은 한국 정부의 방어 덕에 회장직을 지킬 수 있었지만, 만일 마이스터가 나서서 공격하기 시작한다면?

"로이드 웨인을 지지하는 세력이 제법 많더군요. 일단 미국인이니까요."

그리고 남자가 속한 회사의 주식의 상당수는 미국에 가 있다.

즉, 미국에 있는 주식과 한국 정부가 가지고 있는 주식과 부딪친다면 해볼 만하다는 거다.

"설마?"

"우리는 그 위험부담을 안고 갈 수는 없습니다."

회사에서 이들에게 돈을 주었던 이유는 기업을 유지하고 회장을 지키기 위해서였다.

돈을 주지 않으면 정당 차원에서 말려 죽이려고 달려들었으니까.

"하지만 주객이 전도되면 안 되지요."

회장을 지키기 위해 돈을 써 왔는데 정작 그게 회장을 몰아내는 이유가 된다면 더는 그리해서는 안 된다.

"자유신민당에서 그냥 넘어갈 것 같아!"

자리에서 일어나는 남자.

그리고 그런 남자에게 소리를 지르는 주도덕.

남자는 자신의 짐을 챙기고 나서면서 그런 주도덕의 인생에 쐐기를 박았다.

"자유신민당에서는 기꺼이 기부금을 받아 주겠다고 하시더군요."

"기…… 기부금?"

생각해 보면 외부 세력이 사라지면 곤란한 건 자유신민당의 의원들이 맞다.

하지만 그들이 사라지는 게 확실하다면 결국 자기들끼리 알아서 살아야 한다.

그리고 그러기 위해서는 돈이 필요하다.

"당신들이 요구한 돈의 5분의 1도 안 되는 금액입니다."

그 돈이면 그들의 입을 막을 수 있다.

그리고 그건 합법적인 기부금인 만큼, 그걸 가지고 회장의 교체까지 요구할 수는 없었다.

"사무실 좋네요."

나가면서 스윽 사무실을 둘러보는 남자.

"여기서 즐거우셨기를 바랍니다. 조만간 빼셔야 할 테니까요."

주도덕은 그대로 주저앉을 수밖에 없었다.

"송 의원! 지금 새론에서 무슨 짓을 하는지 아나!"

정치인들은 서로 긴밀하게 지낸다.

방송 앞에서는 소새끼 개새끼 하지만 방송이 끝나면 같이 손잡고 룸살롱에 접대받으러 가는 사람들도 많다.

그런 정치인들인 만큼, 애국총동맹의 사태에 대한 소문은 번개같이 퍼질 수밖에 없었다.

그리고 그런 소식에 일부 다선 의원들은 다급하게 송정한을 찾아왔다.

"무슨 말입니까?"

"모른 척하는 거야? 왜 사회단체를 건드리냐고!"

"사회단체를 건드리다니요? 저는 모르는 일입니다."

"거짓말하지 마! 자네가 이번에 발의한 법을 우리가 모를 줄 알아! 사회단체를 죽이려고 하는 거잖아?"

"저는 사회단체를 죽이려고 하는 게 아니라 부흥시키려고 하는 겁니다만."

송정한은 노형진과 별개로 최선을 다해서 조직을 정비하

려고 했다.

그중 하나가 바로 사회단체의 감시법안이었다.

사실 한국의 사회단체에 들어가는 돈은 거의 퍼 주는 개념이 강하다. 특히 정권이 바뀌면 그런 성향이 강해진다.

그래야 다음 선거에서 자기들이 이기기 때문이다.

그렇다 보니 진짜 도움이 필요한 사회단체보다는, 사회적 갈등을 야기하고 분란을 일으키는 그런 곳들에 대부분의 지원이 들어갔다.

송정한이 발의한 법안은 바로 그런 문제를 노린 것이었다.

그러한 단체에 정치적 중립성을 강제하고, 정치단체에는 매년 활동 자금의 10% 내에서만 지원금을 줄 수 있도록 바꾸는 것이다.

이제 꿀 좀 빨아 볼까 하고 생각하고 있던 민주 계열에서는 극도로 흥분할 수밖에 없었다.

"송 의원, 애국총동맹 그놈들을 해결한 건 좋은데 왜 우리까지 건드리느냐 말입니다!"

"우리요? 제가 언제 국회의원님들을 건드렸나요?"

"아니, 국민민주연합을 건드리고 있잖아요!"

"그들은 사회단체입니다만?"

"그게 그거지!"

"그게 그거인 것 같지 않습니다만. 솔직히 국민민주연합이 지금까지 한 게 뭐가 있습니까?"

진짜 자신들이 필요할 때는 대부분 입 닥치고 있었다.

사실 입만 닥치고 있었다면 그나마 다행이다.

도리어 그들은 홍안수가 진정한 민주 투사라며 민주수호당을 공격하고, 반성해야 한다고 주장하곤 했다.

"그래 놓고 이제 와서 협치? 협의? 그딴 소리나 하는 놈들 아닙니까?"

"어허! 송 의원! 무슨 말을 그렇게 하나? 그분들도 민주주의를 위해 헌신하시는 분들이야!"

"그러니까 그 헌신을 증명할 방법이 있느냐고요."

"그걸 어떻게 증명하나? 홍안수의 탄압이 이만저만이었나?"

"탄압에 대항해서 싸운 분들도 계시지 않습니까?"

"그런 사람들이야 정치의 정 자도 모르는 사람들이고!"

결과적으로 자신들을 도와줄 세력을 밀어주고 싶어 한다는 것을 송정한이 모를 리가 없다.

"하여간 노형진 변호사에게 말해서 적당히 하라고 해."

"제가 한 게 아니라니까요."

"부하 직원 아닌가."

"부하라니요. 제가 거기를 그만둔 지가 언제인데요."

"그렇게 말하지 말고 자네가 알아서 잘 달래 봐."

송정한은 입맛을 다셨다.

속에서는 열불이 났지만 그래도 참았다.

그들의 끝이 얼마 남지 않았기 때문이다.

'조금만 참자. 조금만.'

'역사가 바뀐 건 좋은데 역시 이런 부작용이 있네.'

송정한의 말을 들은 노형진은 혀를 끌끌 찰 수밖에 없었다.

'원래 역사에서는 대부분 나가리가 된 의원들인데.'

원래 역사에서는 구태 정치를 하던 자들이 분당해서 나갔다가 결국은 스스로 몰락하게 된다.

그런데 노형진이 역사를 바꾸면서 분당 사태가 벌어지지 않았고, 그 결과 그들은 여전히 당의 핵심으로서 자리를 잡고 있었다.

도리어 자유신민당의 의원들은 쉽게 포기했다.

정확하게는, 노형진과 새론에서 하는 일을 막을 방법이 없다는 걸 알아차린 것이다.

자신들의 힘이 줄어드는 건 확정적이지만 동시에 민주수호당도 계속 그대로라면 파멸을 피할 수 없기에, 자유신민당은 역으로 모른 척하면서 힘이 빠지는 걸 기다리고 있었다.

물론 이제 막 권력을 쥔 민주수호당의 다선 의원들은 그러고 싶지 않을 테지만 말이다.

"뭐라는지 아나? 나보고 대통령 할 거면 그래도 지지 세력은 있어야 하지 않느냐고 이야기하더군. 내 어이가 없어서."

일단 그들이 송정한에게 대통령 자리를 그렇게 쉽게 양보할 리가 없다.

다음 대선에 들어가기 전 후보를 뽑을 때 그들이 밀어줄 가능성은 없다.

이미 송정한은 개혁 성향을 드러냈고 민주수호당 내에서도 개혁 성향은 배척 대상이니까.

"권력자들이 권력을 위해 거짓말하는 거야 뭐 하루 이틀 일도 아니지 않습니까?"

"그건 그렇지. 하지만 문제는 그놈들을 멈출 방법이 없다는 거야. 이미 검찰 쪽에서도 제보를 확인하고 있네."

애석하게도 권력을 잃은 기간이었기에 상대적으로 민주 진영은 범죄가 적었다.

그렇다 보니 검찰에서는 공격적으로 뭔가를 하지 못하고 있는 상황.

"그나마 기업에서는 돈을 주지 않겠다고 버티고 있지만."

"그러라고 마이스터에서 경고하라고 한 겁니다."

마이스터에서 태클을 걸고 나오기 시작하면 어떤 기업이든 움찔할 수밖에 없다.

기업은 수익을 목적으로 활동하고, 그 수익은 주주에게 중요하다.

그런데 정치자금을 주기 위해 돈을 빼돌리는 건 결과적으로 주주의 수익을 훼손하는 형태다.

물론 해외의 기업들 역시 그걸 알음알음 하고 있다.

그러나 한국은 그걸 불법적으로 몰래 한다.

어쩔 수가 없다.

한국 법은 미국에 비해 정치 후원금의 한계가 낮으니까.

그러니 쪼개기 후원금 같은 편법을 쓰는 것이다.

"그럴 거면 차라리 정치 후원금의 상한액을 올리고 그 대신에 불법을 금지하는 게 나은데."

그렇게 되면 기업은 당당하게 후원금을 낼 수 있다.

정치 후원금이 높아도 결국은 공식적인 후원금이라 한계가 있는데, 비공식적인 후원금이라면 아예 후원금의 한계라는 게 없다.

그래서 수천억씩 차떼기로 달라고 해도 줄 수밖에 없는 것이다.

"일단 중요한 건 민주수호당 내부에서 반발이 튀어나오기 시작했다는 거야. 애국총동맹이야 적이니 상관없지만 국민민주연합은 놔두라는 걸세."

"뭐, 예상은 했던 일 아닙니까?"

적이 당할 때야 좋지만 자기가 당하게 생겼는데 좋게 생각할 사람은 없다.

"그나마 기업들이 돈은 안 줘서 힘이 확 빠진 건 사실인데 여전히 그 정치꾼들이 국회의원들에게 난리를 피우는 모양이니, 어쩔 생각인가?"

"정치꾼이라……. 적절한 표현입니다. 사회운동가라고도 부르기 아깝지요."

사회운동가란 사회의 잘못된 부분을 고치고자 하는 사람들이다.

하지만 그들은 돈과 권력을 좇는 자들일 뿐 잘못된 걸 고치고자 하는 의사가 없다.

그리고 그들은 지금 자신들이 위험하다는 걸 알고 있을 것이다. 그러니 어떻게 해서든 권력을 지키고자 할 것이다.

"그냥 무시하고 싶지만……."

하지만 아직은 내부에서 힘이 약한 송정한이다.

일부에서는 그를 대통령 후보로 내세우겠다는 말이 있기야 하지만 현실적으로 이제 2선이 그렇게 쉽게 될 수도 없거니와 당연히 파벌의 힘도 약하다.

사실 파벌이라고 부르기도 힘들 정도로 숫자도 적고.

"방법은 간단하다면 간단한 건데."

노형진은 머리를 긁적거렸다.

"결국 그들은 집단 아닙니까?"

"당연한 거 아닌가? 국민민주연합."

"아니, 그러니까 제 말은, 국민민주연합이라는 것 자체가 결국 하나의 단체는 아니라는 말입니다."

애국총동맹과 국민민주연합은 그 형태가 상당히 다르다.

애국총동맹의 경우는 홍안수와 자유신민당의 막대한 지원

을 받으며 성장한 곳이었고 사실상 그들 파벌에서 전부라고
봐도 될 만큼 파워가 강했다.

하지만 국민민주연합은 고만고만한 파벌들이 모여서 전체
의 힘으로 압박하는 형태였다.

국가로 본다면 애국총동맹은 미국같이 하나의 강력한 덩
어리고 국민민주연합은 유로처럼 각각의 조직이 모여든 연
합체다.

"그들 중 한 명에게 책임을 맡기면 됩니다."

"응? 그게 무슨 소리인가?"

"뭐, 흔한 말을 진리로 만들려고 하는 거지요."

노형진은 어깨를 으쓱하며 말했다.

"보시면 압니다."

"뭐라고요?"

국민민주연합은 정확하게는 대략 아흔 개 조직들이 합쳐
져서 만들어진 단체였다.

원래는 각자도생하며 몸을 사렸지만 쿠데타 이후에 사실상
정권이 민주수호당으로 넘어오자 그들의 태도가 바뀌었다.

한데 뭉치지 않으면 그 안에 들어가 권력을 쥘 방법이 없
었던 탓이다.

그런 그들에게 노형진은 악마의 속삭임을 선사했다.

"총 네 곳에 저희 마이스터에서 50억씩 지원할 예정입니다."

"50억이나요?"

"물론 그건 한 해를 기준으로 한 겁니다. 일단 상황에 따라 달라지겠지만, 기본적으로 한 해에 50억씩의 자금을 지원할 겁니다."

눈이 커지는 조원래.

정부에서 주는 보조금이라고 해 봐야 2억 좀 안 되는 돈이다.

그 돈으로는 뭔가 해 보기는커녕 명목상의 집단을 유지하기도 벅찼다.

'그래서 이들이 이렇게 욕심을 부리는 거지.'

더 많은 돈을 받으면 더 많은 활동을 할 수 있고, 당연히 보조금 역시 더 많이 받을 수 있다.

'문제는 그 활동이라는 게 비정상적이라는 거지만.'

진짜 민주주의를 위한 활동이 아니라 자기들을 위한 활동이었으니까.

"지금 우리한테 엿을 먹어라 이겁니까?"

"엿이라니요? 무슨 말씀을 그렇게 섭섭하게 하십니까?"

"아니, 그렇지 않습니까? 기업들에는 후원해 주지 말라고 하시고서는."

"저희는 기업들에 후원해 주지 말라고 한 적은 없습니다. 불법적인 후원을 하지 말라고 한 거지요."

노형진의 말에 조원래의 표정은 어리둥절하게 변했다.

"그게 무슨 말입니까?"

"국회의원들에게는 법에서 정한 후원금 한계라는 게 있지 않습니까? 저도 그걸 알기에 그 선에서 하라는 겁니다."

국회의원의 1년 후원금 한도는 1인당 1억 5천만 원이다.

그리고 지역구가 있는 의원의 경우는 선거가 있는 해에는 그 두 배, 즉 3억까지 후원받을 수 있다.

"기업들에는 주지 말라고 했다면서요?"

"애초에 기업은 후원금을 못 냅니다만."

대한민국의 법률상 후원금을 낼 수 있는 존재는 오로지 개인뿐이다.

법인이나 단체는 절대 정치인에게 후원금을 줄 수 없다.

"만일 원한다면 사장이나 회장 명의로 주는 건 저희도 뭐라고 하지 않습니다."

그건 그의 돈에서 나가는 거지 기업의 돈에서 나가는 게 아니니까.

"기업의 손실은 주주의 손실이고, 주주 입장에서는 그건 횡령과 동시에 배임이지요. 당연히 잘라야 하는 거 아닙니까? 법적으로 주면 안 되는 걸 빼돌리는 건데."

"그거야 그런데……."

"그리고 솔직히, 그렇지 않습니까? 그렇게 빼돌린 돈이 한두 푼도 아니고, 그걸 진짜로 준 건지 회장이나 사장이 빼돌린 건지 알 수도 없지 않습니까?"

차떼기를 할 때 한 기업에서 제공한 돈이 무려 800억이다.

수십조의 수익을 낸다고 해도 그 안에서 순수익이 얼마인지 계산하면 800억은 터무니없이 많은 돈이다.

그만큼 주주들의 배당도 줄어들 수밖에 없다.

"그런데 왜 우리한테는 돈을 주시겠다는 겁니까?"

"저희는 주주로서 권리를 행사한 것뿐입니다. 대한민국의 정치에 혼란을 주려 한다든가 하는 걱정은 하실 필요가 없습니다."

"하지만 후원금을, 불법적인 건 용납하지 않으신다고……?"

"여러분들이 국회의원이신가요?"

"아……."

이들은 국회의원이 아니다.

물론 특정 국회의원들과 긴밀하게 연관되어 있기야 하지만 말이다.

"여러분들은 기업이 아닌 만큼 그 법률에 영향을 받지 않으시지요."

그러니 1년에 50억 정도 준다고 해도 세금만 잘 내면 문제될 것은 없다.

"그러면 어디 어디를……."

"일단 골라 주셨으면 합니다."

"뭐라고요?"

이것이 법이다

조원래는 자신의 귀를 의심했다.

"조원래 씨가 골라 주시면 저희가 그들에게 제공하겠습니다. 아, 물론 저희 쪽도 조건이 있습니다. 4분의 3 이상의 동의가 있어야 합니다."

"동의라니요?"

"국민민주연합 아닙니까? 거기에 한두 조직이 있는 것도 아니고 저희가 마냥 드릴 수는 없지 않습니까? 이런 말 하면 그렇지만 파벌 문제도 있고."

그러니 4분의 3 이상의 동의를 얻은 조직에만 제공하겠다는 거다.

"내년에는 다른 조직이 될 수도 있고, 계속 기존 조직이 받을 수도 있고요."

노형진의 말에 조원래는 침을 꿀꺽 삼켰다.

자신이 지원금을 받을 조직을 고를 수 있는 권력을 쥔다면?

'다들 나를 우러러보겠지.'

그는 그렇게 생각했다.

그리고 그렇게 받은 돈으로 정치인과 선을 만들다 보면 언젠가는 자신도 국회에 한자리 만들 수 있으리라.

"걱정하지 마세요. 제가 아주 깨끗하고 투명하게 처리하겠습니다."

"그렇게 부탁드립니다."

노형진은 조원래와 악수하면서 웃었다.

'그래, 아주 깨끗하고 투명하게 처리하게 되겠지.'

그렇게 되지 않으면 누구도 받지 못할 테니까.

⚖

"자, 자! 그런 의미에서 우리가 추천하는 것은 우리 서울 민주회와 광주민주회 그리고 청년민주단과 청년알바동맹입니다."

무려 200억의 지원금. 그걸 받기 위해 당연히 회의가 시작되었다.

조원래는 당연히 자신이 받은 권한으로 추천을 했다.

"누구 마음대로?"

"그거 다 당신 파벌 아니야!"

"아니, 그게 당신 마음대로야?"

"저에게 추천권이 있습니다만?"

조원래는 뻔뻔하게 말했다.

실제로 노형진은 그들의 요구에, 추천권은 조원래에게 있다고 서류도 써 줬고 심지어 공증도 해 줬다.

"추천만 하는 거지! 누가 받을지는 동의를 얻어야 할 거 아냐!"

"너희 파벌만 받아 챙기면 그만이냐?"

고래고래 소리를 지르는 사람들.

그리고 뒤에서 회의 장면을 보면서 노형진은 속으로 웃었다.

'그래, 이렇게 될 줄 알았다.'

보수는 부패로 망하고 진보는 분열로 망한다.

진리 아닌 진리다.

이미 애국총동맹의 경우는 그동안 은닉되어 있던 어마어마한 범죄가 드러나면서 수뇌부가 줄줄이 잡혀가 붕괴하고 있다.

말 그대로 부패로 망한 거다.

그에 반해 국민민주연합은 권력을 잡기 위해 뭉친 집단.

그 권력이 눈앞에 들어오자 당연히 말이 나올 수밖에 없다.

"저는 하늘에 맹세코 투명하고 깨끗하게……."

"누구 마음대로 투명하고 깨끗하게야? 너희랑 친한 애들만 뽑았구만."

"말장난하지 마! 야! 청년민주단하고 청년알바동맹은 같은 조직 아냐!"

"둘은 같은 조직이 아닙니다. 별개로 활동하는 조직입니다."

"우리가 붕어인 줄 알아? 임원진의 직책만 다르지 주소도 다른 것도 다 똑같은데?"

돈을 가지고 싸우기 시작하는 자들을 보면서 노형진은 느긋하게 커피를 마셨다.

옆에서 이번 회의를 참관하러 온 송정한은 씁쓸한 표정을 지었다.

"너무 뻔한 장면인데?"

"그렇지요?"

서로가 한 푼이라도 더 받아먹기 위해 싸우기 시작하는 사람들.

더 슬픈 건, 그 핵심은 국회의원도 마찬가지였다는 거다.

어쩔 수가 없다. 자기 파벌이 돈을 받아야 자기가 다음 선거에서 이기는 게 쉬우니까.

"김 의원, 지금 무슨 말을 하는 거야? 그거 별도의 조직이라고!"

"박 의원, 미친 거 아냐? 눈깔 삐었어? 등록 번호가 다르잖아!"

목소리를 높여 가면서 싸우는 사람들.

그리고 조원래는 그걸 보면서 악을 썼다.

"진정들 하세요! 저희가 나머지 세 곳에 대해 차분하게 지원 선정을 하겠습니다!"

조원래의 말에, 노형진은 빙긋 웃으며 갑자기 일어났다.

"실례합니다."

비록 회의의 당사자는 아니지만 그래도 돈을 주겠다는 사람이다. 당연히 모두의 시선이 그에게로 쏠렸다.

"방금 조원래 의장님이 말씀해 주신 부분에서 잘못된 부분이 있어서 정정하고자 합니다."

"정정?"

조원래는 자신이 뭘 잘못 말했나 곱씹었지만 아무리 생각해도 그런 건 없었다.

그러나 노형진은 태클을 걸 부분이 확실히 있었다.

"조원래 의장님이 세 곳이라고 했는데, 저희는 네 곳에 대한 지원을 약속했습니다."

"그거야 그런데……."

조원래는 이해가 가지 않는다는 듯 되물었다.

"저에게 추천에 대한 전권을 위임하지 않으셨습니까?"

"그렇습니다. 저는 조원래 의장님에게 네 곳의 추천을 부탁드렸지요."

"그런데요?"

"그건 국민민주연합의 의장이신 조원래 님을 믿고 한 이야기입니다. 하지만 지금 조원래 의장님은 세 곳이라고 하셨는데, 그러면 조원래 의장님이 속한 서울민주회가 무조건 한 자리를 취한다는 건데 그건 불공정하지요."

"그게 무슨……."

"국민민주연합의 의장으로서 구십여 곳의 공정한 경쟁을 바탕으로 추천해 주셔야지요. 서울민주회 역시 마찬가지고요."

조원래의 얼굴이 마치 악마처럼 일그러졌다.

자신이 추천인인 만큼 당연히 자신의 조직은 돈을 받아야 한다고 생각했으니까.

"저는 국민민주연합의 의장이신 조원래 님을 믿습니다."

노형진은 웃으며 말하고 있었지만 그 의미를 모를 수가 없었다.

당신네 조직도 돈 받고 싶으면 심사받고 동의받아서 와라.

"그걸 말이라고……!"

"아니면 거절하시는 건가요? 그러면 다른 분께서 의장을 담당해 주셔야……."

아무리 그래도 자기가 의장이 되어야 돈을 받기 유리한 것은 사실.

결국 울며 겨자 먹기로 조원래는 의장을 계속할 수밖에 없었다.

"너 혼자 먹으려고 했냐!"

결국 그런 상황을 알아차린 누군가 노호성을 터트렸고, 회의장은 완전히 개판이 되었다.

그리고 그걸 보고 웃으며 자리에 앉는 노형진을 보면서 송정한은 나지막하게 중얼거렸다.

"악마 같군."

"감사합니다, 후후후."

결과적으로 국민민주연합은 사실상 무너지고 말았다.

돈을 받는 문제로 이합집산하며 그들은 서로를 물어뜯기

시작했다.

파벌이 달랐기에 그들은 융합할 수도 없었고, 욕심이 과한 사람들이었기에 손을 잡지도 못했다.

노형진이 연합의 형태가 아니면 지원의 의사가 없다고 했기에 어떻게 해서든 합의를 도출해 내기 위해 노력했지만 대부분은 차라리 죽겠다는 각오로 덤벼들었다.

"왜 그렇게까지 하는지 모르겠군."

"당연한 겁니다. 저는 1년에 50억이라고 했거든요."

"고작 그것 때문에?"

"고작 그것 때문이 아닙니다. 올해 받았다고 해서 내년에는 받지 말라는 법은 없습니다. 그 말은, 그들은 내년의 싸움도 시작해야 한다는 거죠."

"아하! 그렇군. 단체가 아흔 곳이나 되니까."

너무 많다.

노형진이 요구한 것은 4분의 3의 동의다.

즉, 약 일흔 곳 이상의 동의를 얻어야 한다는 건데, 그게 가능할 리가 없다.

"결국 자기들끼리 잡아먹는 형태가 될 겁니다."

숫자를 줄여서 4분의 3이 되기 쉽게 만들어야 하니까.

"돈을 받은 조직은 더하겠군."

돈을 받으면 당연히 그 돈으로 다른 곳을 포섭하거나 흡수하려고 할 것이다.

"반대로 그 돈을 노리고 새로운 조직을 만들어서 가입하려고 하는 놈들도 있겠지요."

그들은 서로 싸울 테고, 서로를 잡아먹고 잡아먹히며 개판이 될 가능성이 크다.

"진보는 분열로 망한다 이건가."

거대한 덩어리가 아니라 각자 권력을 가지고자 하는 자들이기에 결국 그들은 절대 힘을 합하지 못한다.

"만일 합한다면? 자네가 잘 버는 건 아네. 하지만 200억은 작은 돈이 아니야."

"압니다. 그래서 심사를 만들어 둔 거지요. 만일 저들이 어떻게 합의한다고 해도, 결코 만장일치가 될 수는 없습니다."

당연히 누군가는 떨어질 테니 불만을 품게 될 수밖에 없다.

"그가 제보 아닌 제보를 하겠군."

"그러겠지요. 자기가 살기 위해서라도요."

돈을 받은 조직이 돈을 받지 못한 자신의 조직을 그냥 둘 리가 없다. 어떤 식으로든 죽이려고 할 것이다.

국회의원들에게 말해서 보조금을 끊을 수도 있고, 고소나 고발을 할 수도 있다.

끝까지 극렬하게 반대한 사람이라면 내년에도 반대할 가능성이 높으니까 당연히 죽이려고 덤빌 건 확실하다.

"그 제보를 바탕으로 저희는 심사하면 됩니다."

그 결과 그들이 사회단체로서 부적당하다면 안 주면 그만이다.

"만일 그걸 다 통과하면?"

"그걸 다 통과할 정도의 집단이라면 당연히 즐거운 마음으로 지원금을 줄 수 있겠지요."

그 말은, 완벽하게 서로가 타협하고 대화하며 감사해도 이겨 낼 정도로 깨끗하게 운영했다는 건데, 그런 조직이라면 노형진도 두 손 두 발 들고 환영이다.

"물론 그런 조직이 저쪽에는 없는 것 같지만요."

"그렇겠지."

결국 그들의 싸움은 국회의원의 약화로 이어질 수밖에 없다.

외부에서 생기는 모든 문제에 대해 서로 고소와 고발을 할 테고, 기성 정치인들은 그 대혼란 속에서 범죄가 드러나면서 쫓겨나게 될 것이다.

"조금 변칙적이기는 하지만 그래도 제대로 일해 줬어."

송정한은 노형진에게 웃으며 말할 수 있었다.

"그런데 아쉽지 않으십니까?"

"뭐가?"

"국회의원으로서의 권력이 작은 게 아닌데요."

사람들이 직접적으로 접하지 못해서 그렇지, 사실 국회의원의 권력은 사람만 안 죽일 뿐 어지간한 건 다 할 수 있는 힘이 있다.

"그래서 내가 불안한 거야."

착잡하게 말하는 송정한.

"그 권력이라는 놈이 나를 잡아먹을까 봐."

"아……."

"내가 잡아먹히기 싫으면 어쩌겠나? 내가 그놈의 힘을 빼놔야지."

"그렇군요."

노형진은 송정한의 마음을 이해할 수 있었다.

자신이 만일 회귀자가 아니라면, 그래서 자신이 다시 살아난 것이 어떤 이유가 있는 것이라고 생각하지 않았다면.

'어쩌면 난 돈과 권력에 잡아먹혔을지도 모르지.'

노형진은 그리 생각하면서 나지막하게 중얼거렸다.

"권력이라는 건…… 참 거창한 사냥감이군요."

"동시에 사냥꾼이기도 하지."

송정한의 말에 노형진은 격하게 동의할 수밖에 없었다.

세상은 바뀌고 누군가는 도태된다

　세상은 많이 바뀌었다.

　홍안수의 쿠데타 이전과 이후의 대한민국은 다른 나라라
고 해도 믿을 만큼 많이 바뀌었다.

　홍안수가 있을 때 경찰의 주요 업무는 국민의 제압과 통제
였지만 이제는 본업인 치안 유지로 돌아갔고, 검찰도 법원도
노형진이 작심하고 털어 내기 시작하자 남아나는 놈들이 없
었다.

　물론 일부는 버티려고 노력했지만 노형진이 그들에 대해
경제적 보복을 가하기 시작하자 결국 나가떨어졌다.

　사실 그들에게 직접적으로 경제적 보복을 가한 것은 아니다.

　하지만 그들과 손잡았던 자들에 대해 보복하면 알아서 그들이 부패한 판검사들을 잘라 내려고 했기 때문에 결국 나갈 수밖에 없었다.

그렇게 갑자기 깨끗해지는 상황은 결국 누군가에게는 불편할 수밖에 없었다.

4급수에서 살던 벌레들은 물이 1급수가 되어 버리면 거기서 살지 못한다.

그런 면에서 두한은 말 그대로 지옥으로 던져진 기분이었다.

"자리가 없느냐고 물어봅니다만."

"미친 새끼들. 지금 그걸 말이라고……."

두한의 회장인 이상주는 뒷목을 잡았다.

두한은 부정부패로 성장한 대표적인 기업이었다.

비록 대기업이 되었지만 그러한 부정과 부패의 역사가 사라지는 것은 아니었다.

도리어 그러한 뇌물 공세의 대상이 더 높은 사람이 되면서 더 많은 자들과 더러운 커넥션을 이어 왔다.

그런데 그게 이제는 그들의 발목을 잡고 있었다.

"쓰레기 새끼들이 너도나도 기어 나오고 있어."

검찰이나 법원 그리고 고위 공무원은 자신의 자리에 있을 때는 편의를 봐주고, 은퇴하면 회사에서 나름 좋은 자리 하나 주는 것이 일종의 관례였다.

그렇게 하면 뇌물을 피할 수도 있고, 그들은 나오고 나서 적지 않은 돈을 벌 수 있으니까.

원래는 그런데…….

"이번에 나오는 판사만 서른 명째입니다. 검사는 스물두 명째고요."

기어 나오는 놈들이 너무 많았다.

새로운 정부가 들어서고, 민주수호당은 부패 판검사에 대한 탄핵이라는 무기를 휘두르기 시작했다.

판검사가 그 지경이니 공무원이야 당연히 숙청의 대상이었고, 자리를 지키다가는 자신이 먼저 모가지가 날아갈 판국인지라 퇴직금이라도 건지겠다고 너도나도 그만두기 시작한 것이다.

물론 저항을 안 해 본 건 아니지만 노형진이 얼마나 꼼꼼하게 준비해 놨는지 저항도 의미가 없었다.

"우리가 받아 줄 수 있는 한계를 넘어섰습니다."

그렇게 들어온 놈들이 받는 돈이 과연 일반인 수준일까?

그럴 리가 없다.

그렇게 나온 놈들이 평균적으로 받는 돈은 2억이다.

그것도 최하급이 말이다.

급이 높아지면 최소 3~4억은 다 넘어간다.

사실 그 전에는 그래도 남는 장사였다.

그들이 후배를 소개시켜 주고, 후배는 미래의 자신의 자리를 위해 편의를 봐주는 게 일종의 시스템이었으니까.

"하지만 이제는 그마저도 안 되고."

사실상 기득권층을 몰아내고 그 자리를 차지한 놈들이 사이가 좋을 리가 없다.

　당연히 새로운 누군가를 소개받는 것은 불가능하다.

　더군다나 개나 소나 다 몰려나와서 한자리씩 달라고 성화를 하기 시작하자 두한 입장에서는 골치가 아팠다.

　아무리 법무 팀에 자리를 만든다고 해도 한꺼번에 쉰 개씩 만들 수는 없거니와, 설사 만든다고 해도 전관이라는 가장 강력한 무기를 쓸 수 없게 되었기 때문이다.

　기존에는 전관이라는 게 가장 강력한 무기였다.

　전관 금지법이 당연히 있었지만 그 사건을 담당하지 않고 그저 전화만 한다면 그걸 잡아내는 것은 불가능했으니까.

　하지만 정부에서는 새로운 전관 금지법을 만들었다.

　만일 전관예우를 요구하는 자들을 제보하는 경우 그 판사를 무조건 특진시켜 준다는 것이었다.

　물론 당연하게도 전관예우를 요구하는 변호사들의 경우는 강력한 세무조사 및 그 사건 관련 기업이나 개인에 대한 특별 조사가 들어가는 쪽으로 방향을 잡았다.

　그런 식이다 보니 전관예우는 꿈도 못 꾸는 상황이 되었다.

　"하지만 그 사람들을 모두 쫓아낼 수는 없습니다. 회장님도 아시겠지만……."

　"그만!"

　이상주는 부장의 말을 잘라 버렸다.

"그래서, 뭐? 그놈들이 이제 와서 자기들이 덮은 거 떠든대?"

"그건 아니지만……."

그들은 절대 떠들지 못한다.

그렇게 되면 자신들 역시 처벌 대상이 될 테니까.

"설사 떠든다고 해도 그 새끼들이 살아남을 것 같아?"

"……."

누군가는 억울한 마음에 떠들 생각이 들지도 모른다.

하지만 제대로 두한에 대해 알고 있는 사람들은 절대 그러지 않을 것이다.

자신들이 덮었던 그 모든 사건들이 자신들에게 그대로 벌어질 수 있다는 걸 아니까.

"모조리 쳐 내."

"네? 하지만……."

"모조리 쳐 내. 어차피 그 새끼들 데리고 있어 봐야 얼마나 갈 것 같아? 1년? 제3의눈 그놈들이 지금 판검사들을 얼마나 날려 버리는지 못 봤어?"

제3의눈은 자신들의 임무에 충실했다.

고발이 목적이라는 사회단체답게 권력자들이 옷을 벗는 순간 표적이 되어서 갈려 나갔다.

"어차피 데리고 있어 봐야 얼마 못 가서 감방에 갈 놈들이야."

"알겠습니다."

부장은 고개를 끄덕거렸다.

"나가 보고, 황 부장 불러."

"황 부장 말씀이십니까?"

"그래. 자꾸 두 번 이야기하게 할래?"

"아닙니다."

부장은 다급하게 바깥으로 나갔고, 잠시 후 안경을 쓴 남자가 웃으면서 안으로 들어왔다.

"회장님, 부르셨습니까?"

이상주는 그가 들어오자 손을 대충 흔들면서 자리를 권했다. 그리고 기다리지도 않고 입을 열었다.

"상황 어때?"

"기업의 상황이야 현재 좋지 않습니다. 아시다시피 자동차 사업도 매각해 버렸고, 철강 쪽은 방사능 사건 여파에서 이제 막 벗어나고 있지만 손해배상은 아직 진행 중이니까요. 그나마 조선을 팔아서 틀어막기는 했는데…… 그 조선 쪽으로 갑자기 일감이 몰려서 우리는 그냥 죽만 쑨 셈이라……."

아무리 두한이 거대 기업이라고 해도 핵심 산업 세 개가 한꺼번에 휘청거리는데 기업이 멀쩡할 리가 없다.

"기억하시겠지만 주가 폭락 당시에 우리가 주식을 긁어모아서 방어하지 않았으면 경영권을 지키는 것도 상당히 힘들었을 겁니다."

나름의 상황 분석이었지만 이상주가 듣고 싶은 건 그게 아니었다.

"내가 몰라서 묻는 줄 알아? 현 상황을 어떻게 벗어날 거냐고 묻는 거야."

"회장님, 제가 아무리 능력이 있다고 해도 이런 상황에서 벗어날 수는 없습니다."

이상주는 황 부장을 물끄러미 바라보았다.

"황 부장, 아니 황주찬. 내가 지금 장난하는 걸로 보여?"

"황 부장이라고 직급을 불러 주시기에 저는 공식적인 부분만 말씀드린 겁니다."

황주찬은 이상주에게 비릿한 미소를 보내며 말했다.

"하지만 아무리 저라고 해도 불가능을 가능으로 만들 수는 없습니다. 합법적인 영역 내에서는 말입니다."

"그래서 묻는 거 아닌가? 손실을 메꾸고 어떻게 해서든 우리는 자리를 잡아야 해. 그런데 어쩔 건가?"

그게 쉽지 않다.

노형진이 만든 감시 시스템은 의외로 꼼꼼했다.

무슨 일을 하든 결국 기업은 직원을 쓸 수밖에 없다.

그리고 그 직원이 돈을 받고 내부 범죄를 파는 것은 불법이 아니다.

그걸로 고소와 고발을 진행하면 이쪽은 벗어나지 못하는 데다가, 그 자료를 얼마나 꼼꼼하게 준비하는지 내부에서 팔아먹은 놈을 찾아내는 것도 불가능에 가까웠다.

"안 그래도 조금 확인해 봤습니다만."

현재 두한이 안정을 되찾기 위해 필요한 자금은 못해도 8천억 이상이다.

이게 절대 적은 돈이 아니다.

물론 과거의 두한이라면 충분히 만들어 낼 수 있었을 것이다.

하지만 사업체들을 팔아먹고 그만큼 쪼그라든 현재의 두한에 있어서 8천억은 절대 적은 돈이 아니었다.

그나마 그렇게 팔아먹은 기업들의 매각 대금도 손해배상과 벌금으로 모조리 털려 나간 상태.

"젠장, 그 조선소만 안 팔았어도."

조선업은 배 한 척에 몇천억을 하기도 한다.

하지만 조선업은 지난 5년간 극단적인 적자였기에 미래가 없다고 생각해서 팔아먹었다.

그런데 중국산 배가 뜬금없는 불량 문제로 터져 나갈 줄이야 누가 알았겠는가?

그래서 헐값에 넘긴 조선소에 일감이 몰아닥쳤고, 그 수익은 모조리 대룡에서 가지고 가 버렸다.

"그래서 말입니다만, 외부에서 재미있는 제안을 해 왔습니다."

"외부? 어디 말인가?"

"일본입니다."

이상주는 눈을 찌푸렸다.

일본은 이미 버려진 패나 마찬가지다.

홍안수 사건 이후에 단교만 안 했을 뿐이지 사실상 단교한 거나 마찬가지다.

그동안에 극우 세력을 이끌던 야베가 물러난 후 일왕을 기점으로 새로운 법질서를 세우기 위해 내부에서 혼란이 계속되고 있었다.

비록 야베가 쿠데타를 시도했다가 실패했다고 하나 수십 년, 아니 100년이 넘는 기간 동안 일본을 지배한 것은 극우였고, 아무리 일왕이라고 해도 그들을 제압할 수 없어서 고생하고 있는 것은 알고 있다.

그런 혼란으로 가득한 나라에서 뭘 얻어먹을 수 있겠는가?

"자네 미쳤나? 일본은 끝났어. 더군다나 일왕 쪽이 노형진과 대룡과 얼마나 친밀한지 몰라서 그러나?"

쿠데타 당시 일왕가를 탈출시키고 보호한 게 그들이었고, 일왕은 다시 자신의 자리로 간 후에 그들에게 여러 가지 특혜를 주고 있었다.

정확하게는 그들을 불러들임으로써 일본 내부의 극우 세력을 찍어 누르는 용도였지만 말이다.

"알고 있습니다."

"그런 그들이 우리한테 뭘 원한단 말인가?"

"그쪽이 아니라 구 야베 파입니다."

"야베 파벌?"

"그렇습니다. 뭐, 이제는 야베 파벌이라고 부를 수도 없으니 아무래도 극우 파벌이라는 방향이 적당할 거라 생각합니다만."

"그쪽이 왜?"

"그쪽 입장에서는 노형진에게 원한이 많으니까요."

아무리 망해 가던 일본이었다고 하지만 권력자들에게 중요한 건 나라가 아니라 자신들의 권력이다.

그런데 노형진 덕분에 그들은 권력을 잃어버렸다.

당연히 원한이 없을 수가 없다.

"그래서 이제 와서 우리와 손잡고 노형진을 죽이자는 거야, 뭐야?"

"그게 아닙니다. 역으로 한국을 공격하고 싶다고 합니다."

"그게 무슨 소리야?"

"일본의 자금을 통해 한국의 문화 산업을 집어삼키고 싶어 합니다. 일본이 한국에 그렇게 당했으니까요."

"그치들이 돈이 어디 있다고?"

이상주는 말도 안 된다는 듯 말했다.

하지만 황주찬 부장의 이어지는 말에 순간 말문이 막혔다.

"회사가 돈이 없는 거지 회장님이 돈이 없으신 건 아니지 않습니까?"

"……."

"부자가 망해도 삼대는 간다는 말이 괜히 생긴 게 아니지요."

"흐음…… 무슨 뜻인지 알겠군. 그러니까 세탁이 필요하다 이거군."

"맞습니다. 일본의 정치인들은 그런 상황이지요."

일본 정치인의 부패는 어마어마하다.

한국 정치인들의 부패가 개새끼 소리가 나오는 정도라면, 일본 정치인들의 부패는 그들의 권리쯤 된다.

오죽하면 일본의 정치인이 방송에서 '애초에 주권이 국민에게 있다는 것 자체가 비정상이다.'라고 말할 정도로 국민들을 우습게 보는 게 현실이다.

그 현실이 벌써 100년 넘게 이어져 왔다.

잠깐 권력을 잃어버린 적이 있지만 사실상 일본은 자민당 계열의 독재 국가였다.

민주주의국가가 아니었던 만큼 그들이 빼돌린 자산은 어마어마할 것이다.

"그쪽은 이제 일본이 끝장났다고 생각하고 있습니다."

"끝장났지."

그동안 감추고 있던 모든 것이 드러났다.

자민당은 어떻게 해서든 권력을 되찾으려고 하고 있지만 일왕가에서는 그걸 두고 보지 않을 생각인 만큼 치열한 대립이 계속되고 있다.

"안전을 위해서라도 그들이 확보한 자금을 외부로 돌려야 하니까요."

"그걸 도와 달라?"

"그렇습니다. 그들의 자금 도피를 도와줄 정도의 기업은 많지 않습니다, 회장님."

어중이떠중이 자금 세탁 전문가들이라 봐야 그 자금의 1천분의 1이나 세탁할 수 있을까?

"도대체 얼마나 되는데?"

이상주는 솔깃해서 물었다.

"우리에게 맡기고 싶어 하는 건 1조입니다."

"1조 원? 큰돈이군."

"아니요. 1조 달러입니다."

그 말에 이상주의 눈이 어마어마하게 커졌다.

"그렇게 많다고?"

"썩어도 준치라는 말이 있습니다, 회장님. 회장님도 아시겠지만 일본이 어떤 나라입니까?"

"그…… 그렇군. 그래, 그러고도 남지."

일본의 한 해 예산을 한화로 따지면 천조 원이다.

그런데 소문으로는 그중 10%는 정치인들이 챙긴다고 한다. 그것도 최소한 말이다.

그렇게 100년 가까운 시간을 해 처먹고 그걸 재투자하면서 불렸다면 1조 달러도 불가능한 것은 아니다.

기업 중에서도 1조 달러 클럽이라 해서 시가총액이 1조 달러에 달하는 곳들이 몇 곳 있으니까.

그리고 어떤 기업에 망조가 들면 경영진은 두 가지 중 한

가지를 선택한다.

어떻게 해서든 기업을 살리려고 하든가, 아니면 최대한 많이 빼돌려서 자기라도 살려고 하든가.

일본의 상황을 기업이라고 친다면 일본 정치인들은 절대 전자는 아니다.

더군다나 일본의 상황은 그렇게 돈을 꼬라박아도 살아날 수 없다.

그렇다면 답은 하나, 돈을 빼돌리는 것뿐.

"하지만 그 돈이 일본 내부에 있다는 것이 문제입니다."

"흠⋯⋯."

물론 일왕도 그걸 모르는 바는 아니다.

예상은 하고 있고, 그걸 환수하기 위해 노력하고 있다.

하지만 그걸 알 만한 사람들은 당연히 극우 세력이고, 그들은 일왕에게 충성을 바치지 않는다.

"우리나라가 일본으로부터 독립하고 나서랑 비슷한 거죠."

독립하고 나서 나라 꼴은 말이 아닌데 정작 운영할 만한 사람이 없었다.

그 결과 미국은 친일파에게 운영을 맡겼고, 그래서 한국은 친일파가 지배하게 되었다.

"극우 세력이 100년간 권력을 잡았습니다. 최소한의 운영 능력이 있는 놈들은 죄다 극우 세력이었지요. 한 줌도 안 되는 비극우의 사람들로는, 일본은 정상적으로 굴러갈 수가 없습니다."

그래서 감춰진 돈을 찾지 못하고 있는 상황.

그러나 그게 천년만년 갈 수는 없다.

점점 전향하는 사람들도 늘어날 테고 어떻게 해서든 그런 돈을 되찾기 위해 노력할 테니까.

"그러니까 그 돈을 빼앗기기 전에 다른 나라로 돌려 보겠다 이거군."

"맞습니다."

"그런데 왜 한국인가?"

"미국에서 그걸 정리해 줄 정도의 기업은 없습니다. 규모의 문제가 아니라 법률의 문제이니까요."

"하긴 그렇지."

미국은 기업의 범죄에 대해 엄청나게 예민하다.

걸리지 않으면 모를까, 걸린다면 기업이 다 털리는 건 순식간이다.

1조 달러 정도의 자금을 세탁해 줄 수 있는 기업은 한정되어 있고, 그들이 바보도 아닌데 위험한 돈인 걸 알고도 받아서 세탁할 리가 없다.

"그렇게 세탁하다 걸리면 그 자금 역시 빼앗기니까요."

"하지만 우리는…… 아니지."

걸린다고 해도 얼마 안 되는 벌금을 내고 끝날 것이다.

물론 친일파 세력이 많이 사라지기는 했지만 그렇다고 해도 한국은 법률에 의해 모든 걸 정해야 한다.

즉, 법률 자체가 아직 개정되지 않아서 그런 기업의 범죄에 대한 처벌이 약할 수밖에 없다.

"그리고 바로 옆에 있기 때문에 조금만 이상하다 싶어도 바로 빼 버리면 그만이지요."

"1조 달러라······."

1조 달러는 한화로 따지면 1,200조 정도 된다.

그리고 그 정도를 깨끗하게 정리할 수 있다면 자신들이 줘야 하는 8천억 정도의 손해배상도 깔끔하게 처리할 수 있다.

"그래서 그쪽에서 원하는 건 뭔가?"

"기업은 위험하다고 하더군요."

기업을 공략하는 건 시간도 오래 걸리고 망할 가능성도 있다.

"그러니 연예계 쪽을 뚫어 달랍니다."

"연예계라······."

두한과는 하등 관계가 없었던 방향이다.

사실 그쪽과 친밀한 건 두한이 아니라 대룡이다.

"일본이 한류로 흔들렸으니 자기들이 그걸 먹고 싶답니다. 그리고 아시다시피 한류는 엄청나게 돈이 되지 않습니까?"

"그건 그렇지."

전에는 한류라고 하면 기껏해야 동남아라고 비하했지만 지금은 중국, 일본, 미국, 러시아, 심지어 중동까지 그 영향력이 강해지고 있다.

"한류에 일류를 섞어서 세뇌 작업을 하고 싶답니다."

"야키니쿠나 가라아게처럼 말인가?"

야키니쿠는 일본식 불고기다. 원형은 한국식 불고기이고.

가라아게는 한국으로 치면 순살 치킨이다.

그러나 그들은 그걸 마치 자기들의 전통 음식인 것처럼 주장하고 있다.

그런 식으로 자기들의 문화인 것처럼 포장해서 결국 집어삼킨 문화가 한두 개가 아니다.

대표적인 게 바로 회다.

회에 관해서는 한국 역사에서도 다수 나오는데 그들은 회는 일본의 순수 문화라고 주장한다.

"뭐, 상관없나?"

물론 이상주에게는 상관없는 말이다.

나라의 문화기 일본 문화로 바뀌든 말든 그건 그가 신경 쓸 일이 아니다. 중요한 건 돈이니까.

"어떻게 할까요?"

"자리를 한번 만들어 보도록. 이번 기회에 한국에서 힘을 좀 써 보자고."

⚖️

노형진은 한국엔터테인먼트조합의 문제에 대해서는 사실

상 거의 손을 턴 상황이었다.

제대로 자리를 잡은 후에는 딱히 그곳을 건드리려고 하는 사람도 없었으니까.

누구든 간에 그들을 잘못 건드리면 인생 종 친다는 걸 몇 번이나 제대로 가르쳐 줬기에 한국의 문화 산업은 어느 때보다 빠르게, 그리고 다양하게 발전하고 있었다.

그건 좋은 일인데…….

"거품이 너무 심한 것 같습니다."

"거품요?"

"네."

대룡엔터의 박상규 대표가 찾아와서는 심각한 표정으로 말했다.

"거품이야 자연스러운 현상 아닙니까?"

하지만 노형진은 그다지 심각하게 받아들이지 않았다.

그럴 수밖에 없는 게, 거품이라는 건 어떻게 보면 사업이라는 시스템에 있어서는 필연적으로 낄 수밖에 없는 거니까.

"어떤 사업이든 거품이 끼는 건 당연한 겁니다. 더군다나 한국의 엔터테인먼트 산업은 한류라는 이름으로 전 세계로 나아가고 있지요. 거품이 좀 끼는 거야 당연한 일이죠. 애초에 주식이라는 것도 거품의 거래입니다만."

"그건 그렇지요."

주식 한 주의 가격이 막 300만 원씩 하는 사업체가 있다고

치자.

그런데 그걸 가지고 있다고 해서 그 기업에서 매년 300만 원씩 배당금을 주는 게 아니다.

사실 그걸 가지고 있다고 10년 동안 배당금이 300만이 나온다면 그건 상당히 많이 주는 편에 속한다.

그럼에도 불구하고 주식이 가치를 가지는 건, 그걸 그 값에 팔 수 있다는 걸 알기 때문이다.

좋게 말해서 현재 가치의 거래이지만, 사실 기업이라는 게 아차 싶으면 한순간에 날아갈 수도 있는 것이기에 그건 어느 정도 거품을 거래한다고 봐도 무방한 일이다.

"더군다나 중국에서 지금 엄청나게 들어오고 있지 않습니까?"

중국은 경제가 발전하면서 전 세계적으로 투자하고 있고 그중 하나가 바로 문화 산업이다.

오죽하면 미국의 유명 톱 배우가 중국에 안 좋은 말을 했다는 이유 하나만으로 무려 5년째 단 하나의 방송이나 영화에도 출연하지 못하고 있었다.

단순히 유명하다 정도를 넘어서 문화를 이끌었다고 평가받는 배우가 그 수준이다.

"그건 한국도 마찬가지입니다. 이런 말 하면 그렇지만 한국 엔터테인먼트에서 중국 자본에 자유로운 곳은 없을 텐데요?"

방송에서부터 드라마까지, 모든 곳을 중국 자본이 지배하고 있다.

"그건 알고 있습니다. 지금 엔터테인먼트조합도 눈이 벌게진 상황이고요. 중국에서 투자받아서 자립하려고요."

박상규는 한숨을 푹 쉬며 말했다.

엔터테인먼트조합의 가입은 강제가 아니다.

엔터테인먼트조합은 말 그대로 엔터 기업의 인큐베이터 같은 역할을 하는 정도일 뿐이다.

그러니 어느 정도 성장하고 수익을 내는 연예인을 확보하게 되면 따로 나가서 자리를 잡는다고 해서 뭐라고 할 건 아니다.

"그걸 알면서 뭔 걱정을 하시는 겁니까?"

"그건 나쁘지 않습니다. 그런데 이상한 기업이 나타나서요."

"이상한 기업?"

"그렇습니다. 포직스엔터라고 갑자기 생긴 곳인데, 자유계약으로 풀리는 연예인들을 싹쓸이하다시피 하고 있습니다."

"네? 그게 가능한가요?"

연예인들도 일정 기간이 지나면 자연스럽게 새로운 소속사로 가게 된다.

물론 그건 법적으로 보장된 자유이니 그걸 가지고 뭐라고 할 수는 없는 노릇이다.

"가능합니다. 대기업의 지원을 받으면 그렇게 등장하는 경우가 종종 있지요. 우리 대룡엔터도 그렇고요. 그래서 조금 조사해 봤는데 두한 쪽이더군요."

"두한요? 지금 두한이 그 정도로 여유가 있지는 않을 텐데요."

두한자동차와 두한조선까지 팔아먹으면서 어떻게 해서든 버티려고 하는 게 바로 지금 두한의 상황이다.

아무리 그 두 개를 팔아서 상당수 갚았다지만 아직도 배상해야 하는 돈이 수천억은 될 것이다.

"그러니까 이상하다고 생각하는 겁니다. 물론 엔터테인먼트 시장이 두한 입장에서는 상대적으로 작다고 하지만……."

"이해가 안 가는군요."

물론 장기적으로 본다면 돈이 된다는 것을 부정할 수는 없다. 당장 전 세계에서 한류 열풍으로 적지 않은 돈이 들어오고 있으니까.

"하지만 대기업들은 그런 부정확한 도전을 좋아하지 않을 텐데요."

엔터테인먼트의 도전은 돈을 바른다고 해서 무조건 성공하는 게 아니다.

물론 기회가 많이 오는 것은 사실이지만, 아무리 돈을 발라도 재능이 받쳐 주지 않으면 안 되는 거다.

"그런 걸 좋아하는 타입은 아닌 것 같은데."

두한은 사업적 리스크를 줄이기 위해 뇌물도 서슴없이 뿌리는 집단이다.

그런 놈들이 리스크가 큰 엔터테인먼트 쪽을 노린다?

"더군다나 이쪽은 장기적으로 준비해야 할 텐데요?"

한국에서 성공한다고 하면 수십억은 우습게 당길 수 있겠지만 그건 두한 입장에서는 푼돈이다.

결국 세계 레벨로 가야 하는데, 그게 쉬울 리가 없다.

그건 대기업의 문제가 아니라 운의 문제이니까.

"그래서 이상하다고 생각하고 있는 겁니다."

"흠, 영 찝찝하기는 하지만 그렇다고 해서 제가 뭐라고 할 수는 없네요."

"두한과 사이가 안 좋으신 걸로 알고 있는데요?"

박상규의 말에 노형진은 어깨를 으쓱했다.

"그건 사실입니다만, 저들이 멀쩡하게 제대로 사업해 보겠다는데 제가 무조건 방해할 수는 없는 노릇이지요. 저들이 불법적인 일을 하거나 비도덕적인 일을 한다면 모를까, 자유계약으로 풀린 연예인들과 계약하는 것은 불법이 아니지 않습니까?"

"그건 그렇지요."

돈이 있는데 힘들게 제로에서 시작해서 키울 필요는 없다.

그냥 완성된 사람들을 영입하면 그만이다.

자유계약으로 나온다는 것 자체가 법적으로 관계가 끝나거나 서로 조건이 맞지 않아서인 만큼 그 규정대로 한다면 문제 될 것은 없다.

"그 규정을 지킨다면 제가 뭐라고 할 수는 없네요."

"그건 그렇습니다만."

박상규는 눈을 찌푸렸다.

그럴 수밖에 없는 게, 그가 대룡엔터테인먼트의 사장으로 오기 전에는 본사에서 굴렀던 터라 당연히 그 라이벌사인 두한에 대해 모르지 않기 때문이다.

"그들의 성향을 생각하면 멀쩡한 방법으로 돈을 벌려고 하지는 않을 겁니다."

"그건 그렇겠죠."

노형진은 입맛을 다시며 말했다.

"하지만 어쩔 수 없습니다. 미래의 범죄가 예상된다고 해서 처벌할 수는 없으니까요. 하지만 개인적으로는 그들이 이번에는 정신 좀 차리고 제대로 했으면 좋겠네요."

노형진의 작은 소망이었다.

하지만 그 소망이 이루어지지 않을 것 같다는 생각은 노형진도 할 수밖에 없었다.

⚖

노형진이 다른 사건에 집중하는 사이에 포직스엔터테인먼트는 무서울 정도로 세를 확장했다.

어마어마한 돈을 들여서 확장해 가자 거기에 속하는 톱스타들도 넘쳐 났다.

그걸 보고 주변에서 불안해하기는 했지만 딱히 막을 수는 없는 노릇이었다.

하지만 한편으로는 그들이 오래가지 못할 거라는 생각을
했다.

그럴 수밖에 없는 게, 엔터테인먼트에서는 경험이 중요하다.

아무리 두한에서 돈을 들여 톱스타를 데리고 간다고 해도
제대로 케어를 하지 못한다면 연예인들 입장에서는 불만족
스럽게 생각할 수밖에 없다.

물론 전문가를 초빙한다고 두한이 돈을 많이 쓰기는 했다.

하지만 그런다고 해서 모든 문제가 해결되는 것은 아니다.

서로의 책임이나 제한도 있고, 배우의 경우에는 작품을 보
는 능력도 중요하니까.

다들 그렇게 생각하고 있을 때 두한은 생각지도 못한 방식
으로 공격을 시작했다.

"회사를 넘기라고요?"

"5억 드리지요. 회사 넘기세요."

"장난하십니까? 제가 들인 돈이 얼만데!"

세모세모엔터는 그래도 나름 자리를 잡은 회사였다.

그 바탕은 조연급 배우 두 명이지만, 그중 한 명은 점점 주
연급으로 성장하고 있었다.

그런데 그런 회사를 단 5억에 넘기란다.

"5억이면 적은 돈은 아니라고 생각합니다만."

"아니, 그게 말이나 됩니까? 저희 사무실의 보증금만 4억

입니다."

외부에 나가서 연습실과 사무실 그리고 숙소나 기타 여러 가지를 생각하면 못해도 4억은 들어가야 한다.

그런데 그런 곳을 고작 5억에 넘기라니?

"저희는 적당히 협상하려고 하는 겁니다. 5억이면 그래도 1억은 남지 않습니까?"

"안 됩니다."

바보가 아닌 이상에야 당연히 이런 말도 안 되는 조건은 쳐 낼 수밖에 없다.

그리고 그걸 예상한 것인지 포직스에서 나온 사람은 주저하지 않고 자리에서 일어났다.

"결국 권주를 거부하고 벌주를 선택하시는군요."

"권주고 벌주고, 그게 말이나 됩니까?"

눈을 찡그리는 사장에게 남자는 더 이상 묻지 않았다.

"그럼 이만."

마치 이 모든 게 깨질 거라고 예상한 것처럼 나가는 남자를 보면서 사장은 불안감에 떨었다.

안 그래도 포직스에서 무차별적으로 세력을 확장하는 것을 걱정하는 사람들이 많았다.

그런데 그런 자들이 갑자기 말도 안 되는 가격을 들고 나오니 떨떠름한 문제가 될 수밖에 없었다.

"이건 아무래도 나 혼자 해결할 수는 없을 것 같네."

그는 중얼거리며 핸드폰을 집어 들었다.

비록 어느 정도 성공해서 외부로 나왔다고 하지만 여전히 엔터테인먼트조합의 멤버인 만큼 그들에게 도움을 청하기 위해서였다.

그리고 그런 소식은 사방에서 엔터테인먼트조합으로 모여 들기 시작했다.

⚖️

"본색을 드러냈다고 해야 할까요?"

박상규는 몇 달 만에 만난 노형진에게 참담하다는 표정으로 말했다.

"포직스엔터, 아니 두한에서 결국 수작질을 시작했습니다. 기업들을 무차별적으로 사냥하기 시작했습니다."

"기업사냥이라……. 뭐 그들이 흔하게 쓰던 방식이기는 하네요."

두한은 과거에 기업사냥을 통해 막대한 돈을 빼돌려 로비 자금으로 쓴 적이 있다.

그러다가 노형진에게 걸려서 된통 당하고 결국 다시는 그 방법을 쓸 수 없게 되었지만 말이다.

"그런데 그게 가능합니까? 이해가 안 갑니다만."

노형진은 그 부분을 이해할 수가 없었다.

"현실적으로 헐값에 팔라고 해서 파는 사람도 없거니와, 그렇게 팔지 않는다고 해서 보복하는 건 한계가 있을 텐데요."

이야기를 들어 보니 대충 드러난 피해 기업만 스무 곳 가까이 된다.

주로 조연급이나 막 뜨는 신인들을 데리고 있는 곳들이었으며, 대형은 아니고 아직 소형으로 분류되는 곳들이었다.

"그 말은 대부분 이제 막 두각을 드러내는 곳이라는 건데, 그런 곳은 모두 우리와 선이 닿아 있지 않습니까?"

엔터테인먼트협회에 선이 닿아 있는 곳이니 당연히 이쪽에 연락해서 해결책을 찾으려고 할 것이다.

"이쪽에서 집단으로 반발할 건 뻔한 일인데 왜 그렇게 무리한 짓을 하는지 모르겠군요."

현실적으로 스무 곳이라고 하면 사실상 지금 두각을 드러내는 곳들은 다 포함된다고 봐야 한다. 그렇다면 초대형으로 분류되는 곳에도 이미 손을 뻗었다는 이야기다.

"그게 이해가 가지 않습니다."

박상규도 약간은 곤혹스러운 모양이다.

"한 곳이라면 이해가 갑니다. 한 곳에만 공격이 들어가면, 그를 위해 다 같이 싸워 주기는 힘드니까요."

그렇게 하나씩 먹어 치운다면 방어하기도 곤란하다.

그런데 이렇게 한꺼번에 공격한다? 그건 반격을 예상할 수밖에 없다.

다른 곳도 아닌 두한이 그걸 모를 리는 없고.

"그걸 이길 수 있는 방법이 있다는 건데."

그게 뭔지 모르는 노형진으로서는 심각한 고민에 빠질 수밖에 없었다.

⚖️

그 시각, 황주찬은 누군가를 접대하고 있었다.

"자, 자! 마셔. 마셔."

"아이고, 감사합니다."

"에이, 그러지 말라니까, 우리 사이에."

그런데 분위기는 미묘했다.

분명 접대다. 하지만 정적 접대하는 황주찬이 더 거들먹거리고 있었다.

사실 그럴 만했다.

"그러니까 김 이사, 우리가 부탁한 거 어렵지 않게 가능하지?"

"그럼요. 조금도 어렵지 않습니다. 뭐, 방송에 출연하고 싶어 하는 애들이 한두 명도 아니고."

"우리 쪽 애들도 많단 말이지."

싱글벙글 웃으며 말하는 황주찬.

그는 김 이사라 불린 남자에게 느긋하게 술을 따라 줬다.

"우리가 잘되면 김 이사도 잘되는 거야. 알지?"

"그럼요. 저는 황 부장님만 믿습니다."

"내가 아니라 두한을 믿어야지! 두한을!"

"한국에서 두한 아니면 어디를 믿겠습니까? 그건 당연한 말이지요!"

"그렇지? 흐흐흐."

그렇게 말하면서 웃음을 짓는 황주찬.

"무슨 일이 있으면 우리가 완벽하게 실드를 쳐 줄 테니까 걱정하지 말고 막아. 알았지?"

"넵!"

당당하게 답하는 김 이사를 보면서 황주찬은 다시 한번 의미심장한 웃음을 지었다.

'흐흐흐흐, 여기는 끝난 것 같고, 이제 마무리만 지으면 되겠군.'

황주찬이 그렇게 생각하면서 양주를 털어 넣자 옆에 있던 여자가 잽싸게 과일 하나를 집어서 입에 넣어 줬다.

"자, 마셔! 내일은 더 찬란한 태양이 뜬다! 내일을 위하여!"

"위하여!"

접대하는 건지 접대받는 건지 모를 상황이었지만 그런 건 중요하지 않았다.

얼마 후면 한국의 연예계는 자신들의 손아귀에 들어온다는 생각에 황주찬은 눈을 번들거리고 있었다.

"출연 금지요?"

황주찬이 그렇게 로비한 후에 얼마 후 조세빈은 당혹스러운 이야기를 들었다.

"그래. 방송국에서 너를 블랙리스트에 올렸다고 하더구나."

"아니, 아직도 그런 게 있어요? 다 떠나서, 제가 뭘 어쨌다고요?"

조세빈 입장에서는 어이가 없는 말이었다.

자신이 무슨 대스타도 아니고 조연급일 뿐이다.

그것도 이제 막 데뷔해서 조연으로 활동하는 중인.

물론 장기적으로 노력해서 언젠가는 주연을 하고 싶은 거야 당연하지만, 딱히 블랙리스트에 올라갈 짓을 한 적도 없다.

정치적 발언은커녕, SNS 하다가 망하는 사람들을 하도 많이 봐서 데뷔하자마자 SNS도 날려 버리고 회사에서 운영하는 공식 계정만 남겼다.

사회적으로 문제를 일으킨 적도 없고, 최대한 몸을 사리고 있었다.

조연급 여배우에게 무슨 소리라도 터지면 인생 끝이기에 심지어 술 한 모금 하지 않았다.

그런데 블랙리스트라니.

"나도 알아보고 있는 중이다. 조금만 기다리면……."

"사장님, 뭐 아시는 거죠?"

"아니, 알기보다는……."

"도대체 제가 왜 블랙리스트에 올라간 거예요? 제가 이번 역에 얼마나 공들였는지 아시잖아요!"

이번 역할은 여주인공을 도와주는 직장 동료이다.

하지만 소위 말하는 비중 있는 조연이고, 드라마 시작부터 끝까지 계속 출연한다.

즉, 이 순간만 넘어가면 주연급까지 바라볼 수 있는 비중이었다.

"제가 이거 준비만 두 달 했어요, 사장님. 그런데 왜 갑자기 단순 출연 금지도 아니고 블랙리스트에 올랐냐고요."

자신의 잘못이 아니라면 그건 결국 회사의 잘못일 수밖에 없다.

"나도 확인 중이다. 아직 다 드러난 건 아니니까……."

사장은 황당하다는 표정으로 말했지만 더 이상 이야기하지는 않았다.

"우리 쪽에서도 해결책을 만들어 볼 테니까 너는 일단 숙소에 가 있어."

"사장님!"

"걱정하지 말고 숙소에 가 있으라니까!"

결국 화까지 내면서 자신을 돌려보내는 사장.

조세빈은 입술을 깨물며 매니저와 함께 집으로 돌아왔다.

"사장님도 답답해서 그래. 그러니까 너무 속상해하지 마."

"아니, 뭔 일인지 말은 해 줘야 할 거 아니에요?"

"나도 모르겠다. 하지만 사장님이 어떤 분이시냐? 완전히 무명이었던 널 여기까지 데리고 오신 분이야. 알지?"

"알아요. 아는데, 지금 상황에 대해 뭐라도 알아야 나도 대비책을 세우지요. 오빠는 아는 거 없어요?"

"걱정하지 마. 우리가 알아서 할게."

그저 알아서 하겠다는 말만 남기고 가 버린 매니저.

뜬금없이 블랙리스트에 올랐다는 말에 입술을 깨물고 고민하는 조세빈.

그녀가 자신의 오피스텔에서 흥분을 감추지 못하고 서성거리고 있을 때 갑자기 누군가 그녀의 집 벨을 눌렀다.

"누구세요?"

─조세빈 씨? 포직스엔터에서 나왔습니다.

"포직스엔터?"

들어 본 적은 있다.

요 근래에 갑자기 세력을 키우는 곳이라고 들었다.

그런데 그곳에서 자신을 찾아올 이유가 뭐가 있단 말인가?

"무슨 일이시지요?"

─만나서 이야기할 수 있을까요? 문을 열어 주시면 감사하겠습니다.

"미안한데 그건 곤란해요. 누구신지도 모르는데 열어 드릴 수는 없겠네요."

그녀는 그렇게 말하면서 전화기를 찾았다.

다짜고짜 찾아와서 포직스엔터라고 말하며 문을 열어 달라고 하는 놈이 강간범은 아닐지 어떻게 안단 말인가?

설사 아니라고 해도, 다른 업체에서 자신을 찾아오는 건 회사와 이야기해 봐야 하는 문제였다.

그녀가 막 매니저에게 전화하려고 할 때 상대방은 뜬금없이 말을 던졌다.

─저희 포직스엔터에서는 조세빈 씨를 영입하고 싶습니다.

"무슨 말도 안 되는 소리를 하는 거예요?"

─농담이 아닙니다. 저희는 조세빈 씨를 영입해서 대스타로 키울 능력이 됩니다. 저희가 새로 생긴 곳이기는 하지만 수많은 스타들을 데리고 있고 그들을 케어할 전문가들도 보유하고 있습니다. 그들과 함께라면 조세빈 씨는 대스타의 반열에 올라갈 수 있을 겁니다.

조세빈은 물끄러미 인터폰 화면을 바라보았다.

그러다가 침을 꿀꺽 삼켰다.

화려한 미래 그리고 대스타로서의 가능성. 그 모든 게 달려 있는 말이었다.

사실 그녀가 듣기로도 포직스엔터는 어마어마한 숫자의 멤버들을 데리고 있었다.

톱스타로 분류되는 사람도 있고 이제 스타의 반열에 올라선 사람도 있다.

─우리와 함께하시면 조세빈 씨는 밝은 미래로 가실 수 있습니다.

다른 분들처럼요.

"다른 분들요?"

—그렇습니다.

인터폰에서 흘러오는 자신에 찬 목소리.

하지만 조세빈은 정신이 번쩍 들었다.

그녀는 다급하게 핸드폰을 인터폰에 가까이 대고는 녹음 버튼을 눌렀다.

"그래서 저한테 하고 싶은 말이 뭐죠?"

—조세빈 씨에게 원하는 건 하나입니다. 저희 쪽으로 오시라는 겁니다.

"하지만 기존 회사와 계약 문제가 있어요. 계약 기간이 4년이나 남았다고요."

—오신다고 하면 소송비용은 저희가 모두 부담하겠습니다. 손해배상 부분이 있다고 하면 그 역시 저희가 부담할 예정입니다. 저희는 그만큼 조세빈 씨를 원합니다.

인터폰에서 나오는 목소리.

결국 조세빈은 좀 생각해 보겠다는 말로 대화를 끝냈다.

그리고 녹음 파일을 바로 사장에게 보냈다.

"결국 이럴 계획이었나 봅니다."

박상규는 질려 버렸다는 얼굴이 되었다.

"다른 곳들과 이야기 중입니다만, 몇몇 조연들이 갑자기 말을 바꾸면서 계약 해지를 요구했다고 합니다."

"몇몇?"

"그렇습니다. 아마도 조세빈 씨한테 했듯 접근해서 설득한 것 같습니다."

"하아, 이놈들 진짜."

노형진은 혀를 끌끌 찼다.

설마 이런 치사한 수를 쓸 줄은 몰랐다.

"아무래도 조연 배우들을 빼 갈 생각인 것 같습니다만."

박상규는 한숨을 쉬면서 말했다.

주연급 배우들은 사실 빼 가는 게 쉽지 않다.

회사에서 철벽 방어를 하는 데다가, 주연급이라면 톱스타로서 사소한 돈보다는 의리를 선택하는 경우가 많기 때문이다.

그리고 진짜 능력 있는 배우라면 자기 회사를 차리는 경우도 많다.

그에 반해 조연급은 아무래도 보호도 힘들고, 설사 보호한다고 해도 지금처럼 돈 싸움으로 가기 시작하면 못 이기는 게 사실이다.

현실적으로도 조연급 배우들은 초대형 엔터 쪽이 더 유리할 수밖에 없으니 당연히 이런 제안이 들어오면 귀가 솔깃할 수밖에 없고.

이것이 법이다

"더군다나 손해배상금까지 물어 준다고 하니까요."

그렇다면 당연히 대기업이 배후에 있는 곳으로 가려고 하는 사람들이 생길 수밖에 없다.

"그건 대룡 때도 마찬가지 아니었습니까?"

"그건 그렇지요. 하지만 대룡엔터테인먼트는 이런 뻔한 수작은 하지 않았으니까요."

법에서 정한 접촉 시간도 지켰고 계약도 합리적으로 진행했다.

다짜고짜 돈을 줄 테니 이리 넘어오라고 하지도 않았다.

"전형적인 두한의 방식이기는 하네요."

"그래도 이 조세빈이라는 배우는 똑똑하네요."

다른 사람들은 넘어가서 계약을 풀어 달라고 성화인데 조세빈은 저들의 말을 의심하고 녹음해서 가지고 온 것이다.

"일단 그쪽으로 알아보고 있습니다만, 증언을 확보하면 소송에서 불리하지는 않을 것 같습니다. 법적으로 잘못한 게 없다면 말입니다."

박상규의 말에 노형진은 쓰게 웃었다.

"글쎄요, 제가 봐서는 저들이 원하는 게 바로 그것일 것 같습니다만."

"네?"

박상규는 당황한 얼굴로 노형진을 쳐다보았다.

"무슨 말씀이십니까? 저들이 원하는 게 소송이라고요? 물론 그렇게 해서 받아들이는 게 목적이기는 하겠습니다만······."

박상규는 당연히 그럴 거라 생각했다.

하지만 노형진의 생각은 달랐다.

"저들이 원하는 건 배우들이 계약을 해지하고 자신들에게 오는 게 아닙니다."

"그러면요?"

"소송 그 자체이지요."

"그게 무슨 말씀이신지?"

"그게 아니라면 이렇게 무차별적으로 포섭하려 들 리가 없지요."

"누가 올지 몰라서 그런 거 아닐까요?"

노형진은 박상규를 똑바로 바라보면서 물었다.

"박 사장님, 사장님께서는 어떤 배우든 상관없이 돈만 된다면 무조건 받아들이시나요? 회사의 방향성이나 한계도 감안하지 않으시고?"

"으음······ 아니요."

박상규는 잠깐 고민하다가 고개를 흔들었다.

모든 기업은 목표가 있고 한계가 있다.

물론 자신들이 추구하는 방향성과는 다른 사람도 받아들일 수는 있다.

그러나 그런 경우는 케어가 힘들어진다.

더군다나 지금 여기에서 이야기가 나온 사람들은 아직 성장해야 하는 사람들.

"박 사장님의 말씀대로 누구나 큰 곳에 가기를 원합니다. 현실적으로 보지요. 지금 대룡이 두한보다 훨씬 크고 안정적입니다. 당연히 대룡엔터테인먼트 역시 그런 지원을 등에 업고 있지요. 사장님이라면 이들이 다 온다고 하면 받아 주실 겁니까?"

"아니요."

단호하게 말하는 박상규.

가능성도 봐야 하고 여러 가지 문제도 확인해야 하거니와, 현실적으로 다 받아 줄 수도 없다.

"작은 곳에서 큰 곳으로 옮기고 싶은 건 인간의 당연한 심리입니다. 그건 뭐라고 할 수가 없지요. 하지만 그걸 다 받아들이는 건 전혀 다른 문제죠."

다 찔러보고 누구든 오면 좋다?

그런 식으로 사업을 하는 사람은 없다.

그랬다가 다수가 넘어오면 그들을 케어하는 것도 힘들어지니까.

"그러면 포직스엔터에서는 왜 이런 말도 안 되는 짓을 한 걸까요?"

"간단합니다. 소송 그 자체가 목적이기 때문입니다."

"소송 그 자체가 목적이라니 그게 무슨……."

"소송을 하게 되면 어떻게 될까요? 기존의 판례에 따르면 기간이 얼마나 걸릴 것 같습니까?"

"한 2년 정도는……."

"그러면 그 2년 동안 이 배우들은 출연이 가능한가요?"

"불가능할 겁니다. 아무래도 돈을 지급해야 하는 대상이 불확실하고, 줬다가는 나중에 말이 나오고……."

말하던 박상규는 머릿속에서 천둥이 번쩍 치는 느낌이었다.

그는 다급하게 소송을 받은 명단을 확인하기 시작했다.

그리고 작은 신음 소리를 흘렸다.

"으음……."

"저들이 노리는 게 뭔지 아시겠습니까?"

"노 변호사님 말씀대로 소송 그 자체군요."

소송에 들어가면 조연 배우들은 모두 방송 출연이 금지된다.

방송국에 압력을 넣어서 잠깐 막는 건 어렵지 않지만, 배우가 한두 명도 아니고 그걸 다 계속 막을 수는 없다.

"하지만 성장해야 하는 배우들에게는 다급함을 유발할 수 있지요."

이 회사에 있으면 블랙리스트에서 벗어나지 못한다. 나갈 수 있는 방법은 이 회사를 떠나는 것뿐이다.

그렇게 생각한 사람들은 당연히 소송을 할 테고, 소송이 끝날 때까지는 어디 출연도 못 한다.

"최소 2년, 길면 3년까지 갈 텐데 그동안 조연들이 출연 안 하면?"

이것이 법이다

"그들의 커리어는 끝장이겠지요."

"그리고 명단을 봐서 아시겠지만, 지금 소송에 들어가겠다고 말이 나오는 배우들은 한창 활동하며 주가를 올리고 있는 조연들입니다."

그들이 일을 하지 못하게 된다면?

당연히 다른 쪽에서 조연을 보충해야 한다.

"그런데 포직스에서 이미 조연을 싹쓸이했군요."

프리로 나온 조연들.

그리고 계약이 얼마 남지 않은 조연들.

그 나이대에 맞는 조연들을 포직스엔터테인먼트에서 싹쓸이한 상황.

물론 대형 엔터테인먼트들도 조연을 데리고 있지만 그 숫자는 아무래도 상대적으로 부족할 수밖에 없다.

대형 엔터테인먼트들은 조연보다는 주연에 집중하니까.

"조연 시장을 포직스에 마음대로 할 수 있게 되는 거군요."

"가수들은 뭐 잘 모르겠습니다. 하지만 드라마나 영화를 만들 때 조연이 없으면 촬영이 가능한가요?"

조연은 분명 주연을 보조하는 역할이지만, 필수인 것 또한 사실이다.

엑스트라도 아니고 어느 정도 연기가 되는 배우들을 투입해야 하는데, 그들이 다 소송 중이면 결과적으로 조연을 보충할 수 있는 곳은 포직스엔터뿐.

"미친 새끼들. 이런 작전을……."

결과적으로 조연을 꽉 쥐고 있다면 영화든 드라마든 자기들 마음대로 정해서 들이밀 수 있다는 거다.

"물론 조연은 상대적으로 보충이 쉽기야 하겠지만."

문제는 그런다고 해서 갑자기 다 해결되는 게 아니라는 거다.

똑같은 조연 자리라고 해도 결국 연기력이 있느냐 없느냐의 문제도 있고, 설사 보충한다고 해도 조연 연기자들이 어디를 선택하고 싶겠는가?

출연이 안정적인 포직스? 아니면 배우라고는 거의 없는 작은 곳?

"그리고 그들이 보충될 때쯤 되면 포직스의 조연 중 일부는 주연급이 되겠지요."

그렇게 주연급이 되면 끼워 넣기도 쉽다.

특정 주연급 배우를 잡기 위해서 그 회사의 조연을 끼워 넣어 주는 경우는 너무 많다.

"그러면 그 조연들은?"

"나카리 되는 거죠."

2년의 연기 공백. 그만큼 나이를 먹어 늙어 가는 게 사실이다.

더군다나 그 기간 동안 연기도 못 하니 연기력도 떨어질 테고.

"설사 이긴다고 해도, 다음에는 포직스에서 소송을 걸 겁니다."

그들이 계약을 해지한 것과 포직스에서 받아 주는 것은 전혀 다른 문제다.

포직스에서는 그들을 받아 주지 않을 테고, 그러면 그들은 포직스를 대상으로 소송을 걸 가능성이 크다.

"그런데 조세빈 양이야 똑똑하게 녹음해 놨다지만 다른 배우도 그럴까요?"

"그렇군요. 그 상황에 녹음을 했을 가능성은 높지 않군요."

설사 녹음했다고 해도 문제인 게, 대화를 나눈 그 사람이 정말 포직스에서 일하는 사람인지 증명할 방법이 없다.

물론 명함을 받았다고 하지만⋯⋯.

"제가 장담하는데, 포직스의 근무 체계에는 존재하지도 않는 사람일 겁니다."

당연히 출근도 안 할 테고 말이다.

그러면 그가 포직스 소속이라는 증거는 오로지 명함 하나뿐인데, 어디 가서 명함을 파 달라고 하면 단돈 만 원에 수백 장씩 나온다.

"전화해서 확인할 수도 있겠지요."

"아마 그럴 겁니다. 하지만 동명이인이라면요?"

"네?"

"여기 보면 스카우트 팀 팀장이라고 되어 있습니다. 그런데 동명의 명함을 판 거라면요?"

"······."

동일 인물인 걸 주장하기 위해서는 이쪽에서 사진 같은 걸 제출해야 한다.

"분명 저쪽은 출근 기록 같은 걸 남겨서, 이쪽에 온 사람은 동명의 타인, 즉 사기꾼이라고 주장할 겁니다."

그리고 재판에 들어가면 당연히 배우들이 모르는 엉뚱한 사람이 나올 테고 말이다.

"그러면 재판부는 그냥 포직스의 승리로 결론 낼 겁니다."

엉뚱한 사람이 가서 사칭한 걸 포직스에서 책임질 이유는 없으니까.

"그렇게 되면 배우들의 인생은 끝나는 거죠."

물론 그 상대를 찾을 수 있다면 사칭으로 인한 피해 보상을 받을 수 있을 것이다.

하지만 과연 찾을 수 있을까? 아는 건 얼굴뿐일 텐데.

"설사 피해 보상을 받는다고 해도, 박살 난 그들의 인생을 배상할 수 있을 정도의 배상금이 나올까요?"

"개자식들."

노형진의 말에 박상규는 저도 모르게 욕을 하고 말았다.

"아, 미안합니다."

"아닙니다. 저도 격하게 공감합니다."

노형진은 길게 한숨을 쉬며 말했다.

"솔직히 화가 나기도 하고요. 박상규 사장님은 제가 왜 한국엔터테인먼트조합을 만들었는지 아시지 않습니까?"

"잘 알지요."

노형진이 그걸 만든 이유는 기회를 잡지 못하는 사람들에게 기회를 주기 위해서다.

공정하게 경쟁하고, 누군가에게 놀아나지 않고 자신의 능력을 이용해서 성장할 수 있게 하기 위해 만든 게 바로 한국엔터테인먼트조합이다.

"그런데 이놈들이 저한테 제대로 엿을 먹이네요."

그 모든 걸 쓰레기통에 처넣고 수작질로 사람의 인생을 망치고 자기들의 욕심을 채우려고 한다.

"뭐, 두한 놈들이야 원래부터 그런 놈들인 것 같기는 합니다만."

노형진은 쓰게 웃었다.

돈에 여유가 있을 때도 그런 짓을 못 끊었던 놈들인데 지금같이 다급한 상황에서 과연 그걸 끊을까?

"마약쟁이가 마약을 끊는 게 더 쉬울 겁니다."

피식 웃는 박상규.

"다만 이놈들이 이 돈을 어디서 구했는지가 좀 관건이기는 한데."

이 정도로 일을 꾸미려면 적지 않은 돈이 필요하다.

물론 대기업이라는 특성상 방송국에 압력을 가하는 게 편하기는 하겠지만 한편으로는 그것 이상으로 위험하기도 하다.

"방송국이 이들의 압력에 굴해서 블랙리스트를 만들 가능성은 없지요?"

"없습니다."

"그러면 돈이나 이권을 줬을 가능성이 크군요."

노형진의 추측에 박상규는 고개를 끄덕거렸다.

"이사급이나 본부장급에게 돈을 쥐여 주면 연기자 인생 박살 내는 건 일도 아닙니다. 물론 그렇게까지 하는 경우는 드물지만요. 실제로 그런 경우가 없었던 것도 아니고요. 신상호라는 가수가 그렇게 당했지요."

"신상호? 그러고 보니 그러네요. 어느 순간 사라졌어요."

"그가 데뷔한 곳의 조건이 터무니없었지요."

거의 모든 수익을 다 회사에서 가지고 가는 조건.

그는 그 회사에서 3집까지 냈는데, 그 세 개의 앨범이 모두 어마어마한 판매량을 자랑했다.

당연히 과거의 계약은 어쩔 수 없었다 해도 새로 하는 계약에서 신상호는 조건을 갱신하고 더 좋은 조건을 내걸었다.

하지만 소속사는 그걸 거절하고 거의 동일한 조건을 내걸었다.

당연히 신상호는 재계약을 안 하고 나가 버렸고, 그 후에 소속사는 방송국의 사람들에게 막대한 뇌물을 주고 출연 자체를 아예 막아 버렸다.

"그런 일이 있었습니까?"

"알려지지 않았지요. 어찌 되었건 권력자들이란 어딜 가나 비슷하지 않습니까?"

"하긴 그렇겠네요."

정부에서 엔터테인먼트 표준 계약서를 만들었다고 하지만 그걸 지키는 곳은 거의 없다.

심지어 조합에서도 가입 조건이 자체 표준 계약서의 작성인데, 그걸 가지고 태클을 거는 자들도 있었다.

"아마 그 부분도 영향을 미친 것 같네요."

엔터테인먼트에서 과거에는 그런 계약 해지에 관해 터무니없는 조건을 걸곤 했다.

데뷔도 안 시켜 주면서 계약 해지하려면 몇십억씩 내놓으라고 말이다.

노형진은 그걸 합리적인 수준으로 강제로 깎았다.

"설사 재판에서 져서 손해배상을 한다고 해도 새로운 계약서는 합리적인 수준이니까 줄 수도 있겠군요."

엔터테인먼트라는 건 결국 투자다.

투자란 손실을 감안하고 큰 이익을 바라는 것이다.

그런데 투자도 안 하면서 정작 계약 해지에 관한 터무니없는 조건을 매달아 돈을 뜯어내는 사기가 횡행해서 그런 건데, 그걸 이용한 것이다.

"계약서를 고쳐야 할까요?"

"그건 차차 생각을 좀 해 봅시다. 지금 중요한 건 이번 사건을 어떻게 해결하느냐 하는 것이니까요."

이미 저들은 작전을 걸었다.

그리고 이쪽은 벗어날 수 없는 상황이 되었다.

"배우들에게 설명해 줄까요?"

"글쎄요. 그런다고 해서 그들이 믿을까요? 저들이 온갖 감언이설로 속일 텐데."

"그도 그러네요."

"도리어 이쪽 정보가 넘어갈 수도 있지요."

그러면 다른 짓거리를 할지도 모른다.

"하지만 정보를 얻어야 하는데."

노형진은 고민하다가 문득 좋은 생각이 들었다.

"아, 우리에게는 연기자가 한 명 있지 않습니까?"

"누구요?"

"조세빈 말입니다. 그녀에게 부탁해 보죠."

그리고 그게 무기가 될 거라고, 직감이 노형진에게 속삭였다.

⚖️

"저보고 그 남자를 속이라고요?"

"그렇습니다. 조세빈 양이 그놈들을 속여서 정보를 얻어 주셨으면 합니다."

떨떠름한 표정이 되는 조세빈.

"왜 제가……?"

"다른 사람들은 믿을 수가 없어서요. 아실지 모르지만 스스로 녹음해서 가지고 오신 분은 조세빈 양이 유일합니다."

다른 사람들은 말을 안 하고 있거나 다짜고짜 계약을 해지해 달라고 하는 상황이다.

"계약 해지를 요구하는 사람들은 이미 넘어간 것이겠지요. 아무 말 하지 않는 사람들은 눈치를 살피고 있는 것일 테고요."

확실하게 이쪽으로 넘어온 사람은 조세빈 혼자라는 소리다.

"그러니 그들에게 접근해서 정보를 캐낼 수 있는 건 조세빈 양뿐입니다."

"저는…… 솔직히 불안하네요. 저도 귀가 있어요. 상황도 알고 있고요. 하지만 이런 상황이면 포직스에 저를 완전히 매장할 수도 있잖아요."

"그건 포직스가 이 바닥에 남아 있을 때의 이야기죠. 저는 그들뿐만 아니라 그들과 손잡은 모든 자들을 몰아낼 생각입니다."

"어떻게요? 그렇게 쉽지는 않을 텐데."

"그럴 능력이 되니까요. 저는 마이스터의 대리인입니다. 그 정도 힘이 없겠습니까?"

그 말에 조세민은 고민에 빠졌다.

물론 노형진은 그런 그녀에게 미끼를 던졌다.

사실 위험한 것은 맞다. 최소한 싸움이 계속되는 동안에는 그녀가 활동에 제약을 받을 수밖에 없다.

　'하지만 다른 곳이라면?'

　그들이 손대지 못하는 곳이라면?

　그리고 그런 곳이 딱한 곳 있었다.

　"원하신다면 네트웍플러스에 자리를 마련해 드리지요."

　"네?"

　조세빈의 눈이 커졌다.

　네트웍플러스. 전 세계적인 인터넷 방송사로, 대룡과도 손잡고 있고 당연히 노형진은 거기의 대주주다.

　"그렇잖아도 연기하신 거 확인해 봤습니다. 실력이 대단하시더군요."

　"아…… 가, 감사합니다."

　뜬금없이 네트웍플러스가 언급되자 당황하는 조세빈.

　그럴 수밖에 없다.

　한국 드라마는 일단 한국 대상으로 하는 거고 수출 여부에 따라 상황이 달라지지만 네트웍플러스는 무조건 전 세계 대상이라, 종교적 이유나 특수한 경우 일부 국가에서 방영을 안 하기도 하지만 유럽과 미국 등 주요 국가는 거의 100% 방영이다.

　"그곳에서 얼마 후에 새로운 드라마가 들어갑니다. 〈판데믹〉이라고 하는."

〈판데믹〉. 범유행전염병을 의미한다.

사실 이 〈판데믹〉이라는 드라마는 원래 역사에는 없었다.

하지만 노형진은 전문 작가를 고용해서 해당 드라마를 쓰도록 했다.

심지어 투자까지 자신이 나서서 이끌었다.

당연히 거기에는 막대한 돈이 들어갔다.

원래 역사에 없었던 만큼 이게 성공할지 실패할지는 모른다.

그럼에도 불구하고 노형진이 이 드라마를 만드는 것은 몇 년 후 퍼지는 신종 질병의 피해를 막기 위해서였다.

그 당시를 기억하는 노형진으로서는 거의 유일한 선택지나 다름없었다.

한국이야 그나마 막았다지만, 한국을 제외한 다른 나라들에는 그러한 범유행 전염병에 대한 지식 자체가 없는 사람들이 많았다.

그 때문에 전 세계적으로 방심이 이루어졌고 그게 수백만의 생명을 앗아 가는 결과가 되었다.

물론 그걸 막기 위해 노형진이 연구에 투자하고 있지만 현실적으로 그게 막힐 거라는 보장은 없다.

그래서 차선책으로 선택한 것이 바로 드라마를 통한 자기 방어 방법의 교육.

'일반 교육이라고 하면 사람들이 안 보겠지.'

하지만 드라마라고 하면 본다.

그리고 작중에서 가장 기초적이고 기본적인 방역과 자기 보호 방법을 보여 준다면 최소한 그걸 본 사람들은 살 수 있을 테고, 결과적으로 피해를 줄일 수 있을 것이다.

노형진이 그런 목적으로 만든 만큼 애초에 상영할 수 있는 곳은 네트웍플러스뿐이었다. 전 세계적으로 서비스를 하는 것은 네트웍플러스뿐이니까.

"막대한 투자가 들어간 작품입니다. 시즌 1에 대략 600억 원이 투입될 예정입니다. 내용은 전 세계적인 질병 발생과 그걸 막기 위한 의사들의 이야기이고요. 미국과 유럽 그리고 한국 등 여러 나라에서 촬영할 예정입니다. 그리고 아직 한국에서는 배우가 결정되지 않았습니다."

눈이 커지는 조세빈.

노형진이 말하고자 하는 게 뭔지 알 것 같았기 때문이다.

"원하신다면 거기에 넣어 드리겠습니다. 주연 여배우 자리에 들어가실 수도 있을 겁니다만, 그건 저 혼자 정할 수는 없기에 오디션을 보셔야 할 겁니다. 하지만 거기서 떨어진다고 해도 조연급 자리는 보장해 드리지요."

"조연급요?"

전 세계로 방송되는 600억짜리 드라마.

그런 드라마의 조연급이라면 어떤 면에서는 한국 국내용 드라마의 주연보다 훨씬 나은 자리일 수도 있다.

"제가 주요 투자자인 만큼 그 정도 힘은 있습니다. 물론 연기가 너무 어색하다면 힘들겠지만요."

하지만 노형진이 본 조세빈의 연기력은 충분했다.

"그리고 사장님에게 들어 보니 영어도 잘하신다고 하더군요."

"네? 아, 네……. 어려서 동남아에서 산 적이 있어서요. 그때 국제 학교에 다니면서 많이 배웠지요."

"그러면 아무래도 이점이 있지요."

전 세계를 대상으로 하는 드라마인 만큼 영어가 큰 비중을 차지하고, 그건 주연배우를 뽑을 때에도 감안될 사항이다.

"어떻습니까? 거기에 출연하는 것만으로도 내부가 정리될 때까지 시간은 벌 수 있을 겁니다."

시간만 벌 수 있겠는가? 만일 제대로 대박이 난다면 세계적 클래스로 바로 올라서는 거다.

"그래서, 그럼 제가 뭘 어떻게 하면 될까요?"

조세빈은 주저하지 않고 물었다.

기회를 잡을 수 있다면 그녀는 뭐든 할 수 있었다.

다음 권으로 이어집니다

꿈의 도약, 로크에서 하십시오
(주)로크미디어에서 신인 작가를 모십니다

즐거운 세상, 로크미디어는 꿈을 사랑하고 도전을 두려워하지 않는 작가 분들의 참신한 작품을 기다리고 있습니다. 21세기 장르 문학계를 이끌어 갈 차세대 선두 주자 (주)로크미디어에서 여러분의 나래를 활짝 펴 보시길 바랍니다.

모집 분야 판타지와 무협을 포함한 장르 문학
모집 대상 아마추어 작가, 인터넷 작가
모집 기한 수시 모집
   작품 접수 시 유의 사항
   1. 파일명은 작가명_작품명.hwp형식을 갖춰 주십시오.
   1. 파일에 들어갈 내용은 다음과 같습니다.
      ─ 성명(필명인 경우 실명을 밝혀 주세요), 연락처, 이메일 주소
      ─ 제목, 기획 의도
      ─ A4용지 1장 분량의 등장인물 소개
      ─ A4용지 2장 분량의 전체 줄거리
      ─ 본문
   1. 작품이 인터넷에 연재되고 있다면, 게시판명과 사이트의 구체적이고 정확한 주소를 기재해 주십시오.

선택된 작품은 정식 계약 후 출판물로 간행되어 전국 서점에 유통됩니다.
작가 분은 (주)로크미디어의 전폭적인 지원하에 전속 작가로 활동하시게 됩니다.
※ 자세한 내용은 로크미디어 홈페이지(rokmedia.com)를 참조하세요.

(03920)서울시 마포구 성암로 330 DMC첨단산업센터 3층 318호
(주)로크미디어 편집부 신간 기획 담당자 앞
전화 : 02) 3273-5135
www.rokmedia.com　　이메일 : rokmedia@empas.com

The Final
더 파이널

유성 퓨전 판타지 장편소설

「아크」「로열 페이트」「아크 더 레전드」
작가 유성의 새로운 도전!

회귀의 굴레에 갇혀 이계로의 전이와 죽음을 반복하는 태영
계속되는 죽음에도 삶에 대한 의지를 불태우던 어느 날

갑자기 시작된 침식으로 이계와 현대가 합쳐진다!

두 세계가 합쳐진 순간,
저주 같던 회귀는 미래의 지식이 되고
쌓인 경험은 태영의 힘이 되는데……

이계의 기연을 모조리 흡수해
누구도 넘볼 수 없는 전사로 우뚝 서다!

변호사 윤진한

이해날 현대 판타지 장편소설

『어게인 마이 라이프』의 작가 이해날,
당신의 즐거움을 보장할
초특급 신작으로 돌아왔다!

아버지의 복수를 위해
악랄한 변호사가 되었으나 대기업에 처리당한 윤진한
로펌 입사 전으로 회귀하다!

죽음 끝에서 천재적인 두뇌를 얻은 그는
대기업의 후계자 경쟁을 이용해
원수들의 흔적마저 지우기로 결심하는데……

악마 같은 변호사가 그려 내는
두 번의 인생에 걸친 원수 파멸극!